爱人

世界经典情诗 100 首

苇欢 编译

青海人民出版社

图书在版编目（CIP）数据

爱人：世界经典情诗100首 / 苇欢编译 . -- 西宁：青海人民出版社，2019.8
ISBN 978-7-225-05796-5

Ⅰ．①爱… Ⅱ．①苇… Ⅲ．①诗集—世界 Ⅳ．①I12

中国版本图书馆CIP数据核字(2019)第185773号

爱人·世界经典情诗100首

苇欢　编译

出 版 人　樊原成
出版发行　青海人民出版社有限责任公司
西宁市五四西路71号　邮政编码：810023　电话：（0971）6143426（总编室）
发行热线　（0971）6143516 / 6137730
网　　址　http://www.qhrmcbs.com
印　　刷　陕西龙山海天艺术印务有限公司
经　　销　新华书店
开　　本　890 mm × 1240 mm　1/32
印　　张　7
字　　数　100千
版　　次　2019年10月第1版　2019年10月第1次印刷
书　　号　ISBN 978-7-225-05796-5
定　　价　58.00元

序：永恒的爱

作为一名年轻的诗人和译者，我有幸受到青海人民出版社的邀请，编选并翻译《爱人》这本诗集，深感这是一份信任，也是一份重任。我虽然是英文专业出身，饱读大量脍炙人口的外国诗歌，但纵观全球，想从不同地域、不同国家、不同民族、不同时代的优秀情诗中挑选出最具代表性的100首，却并非易事。好在历时数月，总算完成了。当我以读者的视角，回顾重温这些文字，仿佛可以触摸到诗人们饱满多情的心脏，感受到他们千回百转、扣人心弦的爱情。也就是说，我对自己的工作成果还是相当满意的。

我想先约略谈谈我对爱情的理解。人之所以是万物之灵长，首要原因是拥有丰沛、复杂的情感。人有三大情感——亲情、友情和爱情，在我看来，前两种除去内心的部分需求，都承载着责任与义务，亲情尤甚。责任与义务决定了一个人不能全凭自我意志做选择，必须不时为他人的利益考虑，必须妥协，甚至必须放弃自由，久而久之，个体的幸福感严重流失，灵魂必然黯淡、枯萎。仅以我身边的朋友为例，他们大多为社会角色和家庭生活所役，根本不谈灵魂，甚至认为灵魂不存在。假如说亲情与友情的维护需要投入身心，那么爱情的存在则需要投入灵魂。爱情的生发完全出于自私的目的，我所说的自私并非贬义，而是一种纯粹、天然的愿望，不权衡任何得失，不考虑任何外力，从心即可。向外，爱情让我们自由地向往，快乐地奉献；向内，爱情是灵魂之间的守望与厮磨，我们在受到吸引的同时，也必须直面两个问题：我是谁？我想要什么？这种发问随时提醒着我们不要在纷乱的世俗生活中迷失自我。爱情是向生的，它唤起人对生命的无限眷恋；爱情也是向善的，这里的“善”不仅包含善良，也包含完善，它不断驱使我们为了心之所爱塑造和成就更完美的自己。对诗人来说，爱情是成就好作品的良方，是天然的灵感源泉，拥有爱情的诗人似乎永远不必担心自己有文思枯竭的一天。这是一种世界性的现象，例如俄罗斯的普希金、英国的莎士比亚、美国的布考斯基、法国的雨果、德国的歌德、智利的聂鲁达……其诗歌经久不衰，历久弥新，他们甚至在死亡临近时都没有停止书写生命、书写爱情，印在书页上的仿佛不是铅字，而是涌动的生命之水。

编译本书的时候，我考虑了诸多因素。互联网技术的高度发达和教育的普及推进，大大提高了21世纪读者的文学素养和鉴赏力。部分经典情诗的老译本在语言上略显陈旧，各种网络译本在格式及语言的精准度上又有所欠缺，所以我想尽力为读者提供一个新颖独特、质量可靠的好选本。我用一个月的时间阅读了大批英文诗歌，最终选出萨福、狄金森、惠特曼、庞德、布考斯基、拜伦、雪莱、莎士比亚、拉金、叶芝、泰戈尔、普希金、阿米亥、鲁米、波德莱尔、黑塞、科恩、聂鲁达、洛尔迦、帕斯等，来自美、英、俄、亚、法、德、加、希腊和东欧、中东，以及西语世界20多个国家和地区的68位著名诗人的优秀情诗。入选诗人的年代跨度巨大，从公元前6世纪的女诗人萨福到21世纪的后现代诗歌，长达2600多年。这本书诗风多样，既囊括了古老的韵体诗和传统的浪漫诗，还把相当一部分篇幅留给了先锋、智性和口语化的后现代情诗。

在翻译的过程中，我常常忍不住惊叹，在英文中，爱情只是一个单词，可一旦写进诗里，就千变万化、千姿百态、异彩纷呈。我在前面说过，爱情只听凭自我意志，因此不妨在此大胆推测：唯有在情诗里，诗人才是诚实可信的，因为你只为自己说话。这本诗集呈现的爱情时而灵动，时而庄重，时而高雅，时而天真，时而沉郁，时而神秘，时而激越，时而冷酷，时而哀婉……它不仅具有很高的美学价值，若说它有实用价值，当作一本爱情指导手册也未尝不可。每一位入选诗人的语言都有鲜明的个人风格和独特的语言魅力，只需闭上眼睛回想，那些灵动的诗歌形象就会一个接一个涌入脑海：萨福轻盈而温婉，鲁米睿智而玄妙，莎士比亚浑厚而典雅，济慈浪漫而清新，普希金高亢而坚定，惠特曼丰富而深刻，波德莱尔绚丽而生动，泰戈尔超然而优雅，黑塞孤独而感伤，弗罗斯特细致而含蓄，庞德准确而凝练，佩索阿清新而和谐，阿赫玛托娃优美而深沉，洛尔迦浓郁而奇异，博尔赫斯纯净而悠远，布考斯基粗粝而冒犯，阿米亥广阔而深奥，布罗茨基平稳而坚固……诗集的丰富性可见一斑。

世界经典情诗数量众多，版本各有不同，既然是新译，就要结合时代特征，为译文注入新鲜的血液。老译本在处理传统英文诗歌的时候更注重格律和韵脚，译成汉语后仍旧押韵，这种译法在形式上固然齐整，但表达却有拘泥之嫌，今天读起来略显沉闷，意思能够对应，却无法完全展现诗歌内在的弹性与活力。因此，我尊重每首诗的外在格式，在语言上尽量摒除韵脚和格律的限制，用后现代诗歌更日常、更自由的语言来表达。这种翻译方式已成功运用于我的上一本译著《灵魂访客——狄金森诗歌精选集》，读者的反馈良好。我清楚地记得，有一位读者在豆瓣上为这本书评了低分，他在给我的私信中说，关于语言，他完全没有意见，唯一不满的就是破折号太多——他认为我应该连作者本人善用的破折号都一并删除，因为这种格式很老旧，不属于我们的时代。原文重韵律的诗在本书中不占少数，以叶芝的《饮酒歌》为例，全诗共六句，韵式为ABABAB，译成中文如下：“酒从口进 / 爱自眼入；/ 是我们该懂的真理 / 老死之前。/ 我举起酒杯 / 看着你，叹息。”我的译本没有韵式，简洁凝练，具有现代气息，朗朗上口，回味悠长。

此外，从书的编选角度来看，我也想尽量展现出新意。入选诗人中有 37 位来自英美世界，或是用英文进行创作，包括俄裔美国诗人布罗茨基，他们的经典作品保证了英文诗歌的原汁原味。余下的 31 位诗人来自亚洲、东欧和西语世界，尽管他们都使用各自的母语进行写作，但因其诗的高知名度，早有成熟的英文译本流传于世。我想说明的是，他们的诗皆由我从优秀的英文译本转译而来，其可信性自然也不是问题。除了一些久负盛名的对当今世界仍有深远影响的诗人，例如莎士比亚、惠特曼、弗罗斯特、拜伦、雪莱等人之外，我也倾向于从我个人的审美角度进行编译，比如说萨福，她生活在古希腊，是西方文学史上开天辟地的女诗人，也是第一位写爱情的诗人。萨福的名气不小，但其诗歌文本却很少出现在读者的视野中，她的存在更像一个美丽的传说。从她流传至今的一些残篇中可见其诗的轻盈飘逸，比如书中这首《一个女孩》："就像山坡上的风信子花，/ 牧羊人往来的脚步不断将它们践踏，/ 直到紫色花朵碎在烂泥之中。" 13 世纪的波斯诗人鲁米也是我在阅读中得到的惊喜，他不仅是神秘主义诗人，而且是苏菲派莫拉维教派的创始人，被世人称作人类伟大的精神导师。他的诗歌具有较为浓重的宗教色彩和神性体验，语言玄妙，充满哲思，即使是无神论者也不难在他的诗中找到情感共鸣。鲁米的诗歌在中国也没有引起足够的关注，这样睿智而神秘的诗句应该广为流传："谁啜饮过你激情的蜜汁，谁将被升华。/ 这生命之水令他神采飞扬。/ 死亡降临，闻嗅着我，却感到你的芬芳。/ 从那以后，死亡便对我死了心。"美国诗人韦思也是一位受到遮蔽的诗人，他是一名士兵，参加过一战，生平几乎不为人知，他的语言既传统又现代，充满活力，比如这首《爱人的脸庞》："我的王国是爱人的脸庞，/ 我沿着边界行走：/ 向北抵达她美丽的额角；/ 红褐色的秀发在此丛生；/ 红润的脸蛋由东向西；/ 樱桃小口 / 是晴朗的南方。/ 我最热爱的南方。"

除了传统意义上的浪漫抒情诗，我还编入了不少现代和后现代诗人的作品。比如美国现代派诗人庞德、默温和勃莱，他们的情诗以清新独特的意象取胜，相比之下，后现代诗歌更为我所偏爱，因为我本身是一名口语诗人，以日常写作为主，中国的口语诗代表的正是中国最先锋的后现代写作。后现代诗人的抒情方式不同于前人的直抒胸臆，他们的语言更加克制、凝练、朴素、精准、充满智性，通过描写日常经历表达更尖锐和更本质的情感。后现代写作也是世界性的：美国诗人布考斯基在《原始的爱》中这样表达："生者还未到来 / 死者还未离开，/ 我绝不怪你，/ 反倒是 / 记起那些吻 / 我们的嘴唇满是原始的爱。”他的语言具有饱满的颗粒感和生命本能，仿佛能让你嗅到存在的复杂气味。以色列诗人阿米亥更加宽阔和冷静，他这样写道：“我像一个人，/ 站在犹太 / 沙漠里，望着路标：/‘海平面’/ 他看不见大海，却了然于心。/ 所以无论身在何处，我都记得你的脸 / 你的‘脸平面’。”最后一句诗简直是神来之笔，我采取了直译，这种表达非常巧妙天然，与“海平面”形成有趣的互文和对应。智利的帕拉则写得更加质朴动人，译完他的《金合欢》，我长久停留在诗里的大街上，感受着他的心碎：“可每次合欢开花 /——你相信吗？——/ 我都有着那天同样的感觉 / 当它们向我迎面袭来 / 带着心碎的消息 / 你嫁给了别人。”亚洲诗人除了泰戈尔，我还选译了日本的谷川俊太郎和韩国的高银，大概是因为这两个国家与我们相邻，我总感到一丝亲切。谷川俊太郎和高银的诗也同样具有后现代特征，前者的语言干净纯粹，有一种感性的东方智慧，例如他的《相爱》：“相爱——是什么感觉？/ 就像你总想炫耀 / 却不愿任何人触碰它，/ 因此你随时会把它收起。”高银的诗歌充满东方式的意象，他的语言虽然静谧，也能融合激情，他对小人物的描写非常朴素动人，例如这首《初恋》，描写一对贫困的韩国青年，最后两节具有电影的特写镜头感：“皓月当空。/ 月光的声音充满整个世界，/ 怎会处处是贫困？ // 二十岁的尚坤结实的手 / 握住十七岁的顺雅粗糙的手。/ 顺雅的脸上没有香粉味。”这就是后现代诗歌的魅力，每个诗人的经历和生命感受都不同，表达自然也千差万别，它仿佛自带放大镜，向我们展现出生活每一个微小的面，那样真实和独一无二。书中精彩的诗歌实在太多，无法在此一一摘录，最好的方式恐怕就是亲自买上一本，寻一处安静的角落细细阅读和享受！

说到译本质量，我感到非常幸运，念大学的时候选择了英语专业，令我有机会学习和掌握这门语言，但更幸运的还是成为诗人。中国诗歌界普遍存在这样一种观点，只有诗人翻译诗人才是最好的。今夏六月，我去四川江油——李白故里参加了第八届 NPC 李白诗歌奖的颁奖礼，领取自己的翻译奖，当地的一位文字工作者就地对我进行了采访。我记得其中一个问题是：文学体裁多种多样，翻译小说或者散文，和翻译诗歌有什么不同吗？巧的是我目前正在翻译一部十六万字的冰岛小说，自然体会不少。和诗歌相比，小说的语言相对平缓、琐碎，条理性和逻辑性很强，对一个译者来说，假如他的语言功底足够扎实，辅以各种专业资料的支持，我认为能够胜任小说的翻译工作。而诗歌的客观空间相对狭小，却要容纳节制的语言、灵动的形象、强烈的情感、跳跃的思维和深沉的隐喻，等等，对译者来说，字面意思的疏通只是表面工作，要真正贴近诗人的心灵，体会文字深处的意图才是关键，这是其一；其二，诗歌语言天然具有诗意，假如译者不写诗，很难表达出诗歌微妙的感觉，就像一块很柴的猪肉，嚼之生硬无味。所以假如我的译本存在一些优势的话，可能在于翻译时我不仅仅作为一名译者，更作为诗人，对另一位诗人感同身受，在精准把握语言的同时，实现诗意的通达。我还想补充一点，译者的责任不仅在于精准地理解原作者的思想，在语言层面上忠实原著，也要在不偏离文本精神的前提下，巧妙而适度 地修饰原著的语言，让译本超越原著。我不敢说我做到了这一点，但在翻译部分诗人的时候，我至少有明显的感悟。英语世界的抒情诗人，尤其是女诗人，有时在语言上稍显累赘，在抵达意义的过程中也就相对模糊，因而减弱了诗的力道。汉语相对英语更凝练、准确，在保留原诗精神的基础上，去除不必要的芜杂，让诗的风貌更完美，何乐而不为呢？从译者的角度看，修饰的尺度亦非常关键，要严格把握，增减一分都要警惕，过度发挥和表达不足都不可取。

最后，我想真诚地感谢青海人民出版社总编辑、诗人马非先生对我的信任，感谢责任编辑成国仙耐心的沟通和帮助，感谢这本书的设计王静老师配以这样精美的插图，感谢青海人民出版社所有为《爱人》这本书辛苦付出的工作人员。我也想感谢很多前辈翻译家，他们已经在诗歌翻译领域做出了卓越贡献，作为一名年轻译者，我始终站在巨人的肩膀上，才能看得更远，走得更远。除此之外，我还要感谢中山大学国际翻译学院的俄语老师王志岩，感谢她用阿赫玛托娃的俄文原诗为我解答了英译版的一个疑问，没有她的帮助，我无法准确地理解诗人的感受。诗歌翻译相对复杂，书中难免会有疏漏之处，欢迎各方真诚的批评和交流。

最后的最后，我想对选择这本书的读者们说一句：请相信爱情，它能永恒！

2019 年 6 月 28 日写于珠海吉大

目录

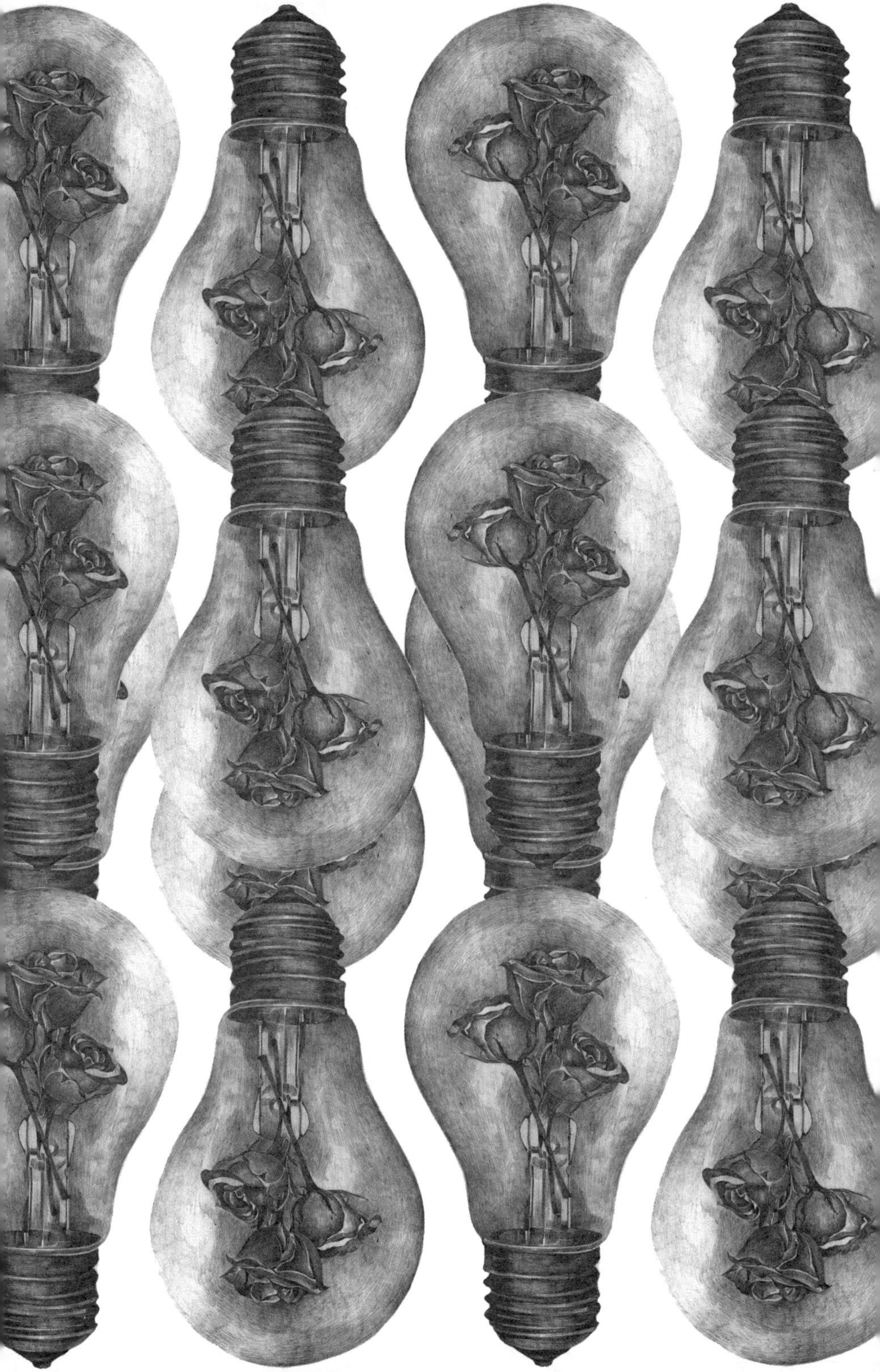

萨福

约前 630 或 612—

约前 592 或 560

古希腊著名的女抒情诗人，一般认为她出生于莱斯波斯岛的一个贵族家庭。据说，萨福曾留下十卷《萨福宝典》，绝大部分都已遗失，除了一两首完整的，其余都是残篇。萨福的诗温婉典雅，真情率性，大多以人的爱和欲望为主题，诗中充满了爱的劝谕、爱的甜美与痛苦，或是两者相互交织的情愫，也弥漫着怜悯和嫉妒的悲鸣之声。读她的诗歌，犹如冒险去远航。萨福的诗艺很高，从目前仅存的诗篇中已能看出她对暗喻的娴熟运用，使诗歌形象和内在含义更为丰富饱满。萨福的诗体是独创的，西方诗歌史把这种诗体称为“萨福体”。

一个女孩

I

就像香甜的苹果在树顶红透，
高高的枝头上，——摘果的人不知何故，
　竟忘了，——
不要忘记，不要；如今已无法采摘，再没
　有人能摘下它。

II

就像山坡上的风信子，
牧羊人往来的脚步不断将它们践踏，
直到紫色花朵碎在烂泥之中。

莫拉维·贾拉鲁丁·鲁米
1207—1273

生于波斯，神秘主义诗人，人类伟大的精神导师，苏菲派莫拉维教派的创始人。他的作品于 19 世纪初被引入西方，被公认为世界文学的瑰宝。鲁米的诗表达人类永恒的主题：爱情、生命、死亡和对真主的爱。他在诗中常常提及爱者和被爱者，把真主称作“朋友”“国王”或“斟酒者”，但这种以诗歌表达的对神、对万物之源的爱，即使对于无神论者，也能唤起他们内心的情感体验。鲁米将玄妙的哲理蕴于诗歌之中，将宗教与诗歌艺术进行了完美融合。

像这样

假如有人问你
我们的全部爱欲
得以满足的样子，抬起你的脸
说，

像这样。

假如有人说起夜空的
曼妙，爬上屋顶
起舞，说，

像这样。

假如有人问你何为“精神”，
何为“上帝的芳香”，
将你的头靠向他们。

像这样。

假如有人援引古老的诗歌意象：
云彩渐散，明月当空，
缓缓松开你裙袍上的
一个个结。

像这样。

假如有人问起耶稣如何拯救死者，
别去解释神迹。
吻我的唇。

像这样。像这样。

假如有人问起何为
“殉情”，指指
这里。

假如有人问起我有多高，皱一皱眉
用手指测量你额上
两条皱纹的距离。

这么高。

灵魂有时离开身体，又折回。
假如有人质疑，

走回我的房子里。

像这样。

恋人的呻吟
是在讲述我们的故事。

像这样。

我是一片天空，灵魂在此栖居。
凝视这深邃的蓝，
清风正吐露秘密。

像这样。

假如有人问起该做些什么，
点燃他手中的蜡烛。

像这样。

约瑟的气味怎样传到雅各的鼻尖?

真主啊。

雅各如何重见光明?

真主啊。

一丝微风便可明目。

像这样。

当沙姆士从大不里士返回，
他会将头放在门边
给我们惊喜

像这样。

注：沙姆士是一个苦行僧，鲁米的老师、挚友。鲁米从他身上学会了直接体验真主，并成为神秘主义诗人。沙姆士在波斯语中意为太阳。大不里士是伊朗西北部城市。

谁啜饮过你激情的蜜汁

谁啜饮过你激情的蜜汁，谁将被升华。
这生命之水令他神采飞扬。
死亡降临，嗅闻着我，却感到你的芬芳。
从那以后，死亡便对我死了心。

威廉·莎士比亚
1564—1616

英国文学史上最杰出的戏剧家、诗人，也是欧洲文艺复兴时期最重要、最伟大的作家，一生共留下37部戏剧、154首十四行诗以及2首长篇叙事诗。莎士比亚的作品充满人文主义精神，他不但是遣词造句的高手，而且善用修辞，无论诗还是剧作，语言皆丰富灵动、音韵优美、别开生面。莎士比亚也是使用早期现代英语进行创作的代表，他促进了早期现代英语的形成和发展，为丰富现代英语做出了不可磨灭的贡献。

十四行诗 106

我翻阅在时光中湮没的史册
得见美人容姿非凡的描画，
古老的诗篇彰显他们的美
咏唱薄命佳人和痴情骑士，
华丽的文辞呈现倾国之貌，
无论手足，唇眼，或额角，
古人笔下的绝代风华，
皆为你所拥有。
因此一切褒扬都只是预言
预示我们的时代，预示着你；
他们若非拥有先知的眼睛，
便不足以咏尽你的价值：
我们幸而目睹今朝，
有眼惊叹，却无舌颂赞。

十四行诗 113

自从我离开你，眼睛便遁入内心；
那指引我四处行走的目光
已然失灵，我竟成了半瞎之人，
尽管仍在注视，眼前却漆黑一片；
虫鸟花木，世间万物的模样
都无法抵达心灵：
心不能领会飞掠眼前的事物，
眼亦无法抓牢往来的风景；
无论万物粗鄙或温柔，
造化精美或丑陋，
无论是山是海，是夜是昼，
是乌鸦是白鸽，皆化作你的姿容。
视野已无法容纳更多，被你充盈，
真实的心灵赐我虚伪的眼睛。

罗伯特·赫里克
1591—1674

英国资产阶级时期和复辟时期“骑士派”诗人之一。“骑士派”诗人多描写宫廷中的调情作乐、好战骑士为君杀敌的荣誉感和及时行乐。赫里克的许多诗作也传达了及时行乐的观点，除此之外，他一生还写过不少清新的田园抒情诗、爱情诗和以淳朴的农村生活为题材的抒情诗。从他去世到18世纪末，将近一个世纪的时间里，赫里克受到了相对的冷落，后来约翰·尼古斯通过《绅士杂志》使人们对赫里克的研究再次兴起。他的《给少女们的忠告》《考利纳前去参加五朔节》和《衣裙之歌》等都成为19世纪诗集编纂者的热门选择。

爱的圣歌

我要坦白
心怀喜悦，
爱如此眷恋我，
就让它
整日躺在我身上吧，
我要亲吻那只打过我的手。

我不会，此刻
放声大哭，
它，啊！何不早些惩罚我
也不至于
让我沦陷——
爱又是这般给我满足。

不，不，我要
挣脱束缚；
让别人在苦痛里
捶胸顿足吧，
我要快乐地歌唱

这爱的伤痛。

我要用鲜花美酒
可口的糕点，
引你将我打骂；
此后，再不会有
当我出现在你面前
你的圣坛已空空荡荡。

威廉·布莱克
1757—1827

英国第一位重要的浪漫主义诗人、版画家和虔诚的基督徒，代表作有诗集《纯真之歌》《经验之歌》等。布莱克一生都保持着宗教、政治和艺术上的激进倾向，他浓厚的宗教意识、艺术家的天分和丰富的人生阅历，给他的诗歌提供了取之不尽的创作源泉。布莱克早期的诗作简洁明快，以短诗居多，题材以生活中的所见所闻为主，中后期作品趋向玄妙深沉、充满神秘，内容也较为晦涩。布莱克一生与妻子相依为命，以绘画和雕版的酬劳过活。后来叶芝等人重编了他的诗集，他的书信和笔记也陆续发表，他神启式的伟大画作也逐渐为世人所知，他在艺术界的崇高地位从此确立。

爱的花园

我来到爱的花园，
眼前的景象从未见过：
一座小教堂立在
我曾玩耍过的草地中央。

教堂的门窗紧闭，
门上写着上帝的诫命；
我因而走向花园，
那里鲜花正吐露芬芳。

可我却看见遍地坟墓，
丛生的墓碑将花朵掩盖：
身穿黑袍的牧师来来往往，
用荆棘把我的欢喜和欲望捆上。

多么美好，我在田间漫游

多么美好，我在田间漫游，
品尝夏日的所有荣耀
不想却被多情的王子看在眼中
当我飞翔在灿烂的阳光下

他采来百合戴在我发间
用玫瑰装点我的额角；
他引我走入他美丽的花园，
那里遍地金黄，悦人心目。

五月甜美的露水浸湿我的翅膀，
太阳点燃我愤怒的声音
他用丝网将我捕捉，
囚禁在他的金色鸟笼。

他喜欢坐下来听我歌唱，
大声发笑，把我逗弄和戏耍；
继而展开我的金色翅膀，
嘲笑我痛失自由。

罗伯特·彭斯
1759—1796

苏格兰著名诗人，在英国文学史上占有重要地位。彭斯最优秀的诗歌作品收录在诗集《主要以苏格兰方言而写的诗》中，表达了他对当时英国诗坛的新古典主义诗风的反对。他从地方生活和民间文学中汲取营养，为诗歌创作带来了新鲜的活力，形成了自己的创作特色。彭斯复活并丰富了苏格兰民歌，他的诗歌也极富音乐性，可以传唱。彭斯生活在破产的农村，和贫苦的农民血肉相连，他的诗歌颂了家乡的秀美，抒写了劳动者纯朴的友谊和爱情，他被视为浪漫主义运动的先驱，是苏格兰和散居在世界各地苏格兰人的文化偶像，也对苏格兰文学有着深远的影响。

红红的玫瑰

我的爱人像一朵红红的玫瑰
在六月初放；
我的爱人像一首美妙的旋律
在琴弦上弹拨。

你如此美丽，我的姑娘，
让我无法自拔；
我将永远爱你，亲爱的，
直到四海枯竭。

直到四海枯竭，亲爱的，
岩石随烈日消融：
我将永远爱你，亲爱的，
只要一息尚存。

别了，我唯一的爱，
让我和你暂别！
我还会回来，我的爱，
不管相隔多远。

威廉·华兹华斯

1770—1850

英国浪漫主义诗人，桂冠诗人，代表作《抒情歌谣集》。华兹华斯与柯勒律治、骚塞并称“湖畔派”诗人。华兹华斯是“湖畔诗人”的领袖，在思想上有过大起大落，从初期对法国大革命的热烈向往变成后期遁迹于山水的自然崇拜，在诗艺上实现了划时代的革新。华兹华斯认为诗歌是“强烈情感的自然流露”，主张诗人用平实的语言描写日常生活，反对18世纪的“诗歌词藻”。华兹华斯的诗歌清新而深刻，一反新古典主义平板、典雅的风格，开创了新鲜活泼的浪漫主义诗风，他的诗歌理论动摇了古典主义诗学的统治，有力推动了英国诗歌的革新和浪漫主义运动。

逝去的爱

她住在鸽泉边
杳无人迹的路旁；
一个无人赞美的女子，
亦无人爱恋。

长满青苔的石头边
隐约现出一朵紫罗兰！
——灿若星辰，唯有一颗
在天边闪烁。

她生时籍籍无名，死后
也无人问津；
她已入土，哦！
和我阴阳两隔！

啊夜莺！你真是

啊夜莺！你真是
“内心炽热”的生命：——
你的音符——一次次；
穿透喧哗又狂热的和声！
你在歌唱，犹如酒神
帮你找到爱人；
带着嘲笑与轻蔑
歌唱阴影、露水与静夜；
还有恒久的幸福，所有的爱
沉睡在这片宁静的树林。
我听见野鸽歌唱，或是倾诉
他平凡的故事，就在今天；
他的声音被丛林淹没，
但仍会乘风飞起：
无休无止；他在鸣叫——在鸣叫；
心事重重地求爱：
他唱着爱，心平气和，
从容开始，永不停歇；

他唱着庄严的信仰，深心的欢乐；

那是歌——献给我的歌！

乔治·戈登·拜伦

1788—1824

英国19世纪初期伟大的浪漫主义诗人，代表作有《恰尔德·哈洛尔德游记》《唐璜》等。拜伦的抒情叙事诗展现出丰富的阅历，视野开阔，笔触深邃，其诗歌语言把借景抒情和叙事技巧完美结合，成就了他鲜明的艺术特色。拜伦在诗歌中塑造了一批“拜伦式英雄”，他们孤傲、狂野和浪漫，同时充满反抗精神，因才华和力量无处施展而感到苦闷和绝望。拜伦不仅是杰出的诗人，也是斗士，他曾积极投身希腊民族解放运动，并成为领导人之一。

当我们分离

当我们分离
用沉默与眼泪相对，
分隔多年
心痛难忍，
岁月爬上你的脸颊，冷漠
比你的吻更冷；
昔日话别
早已预见今日之殇。

晨露
在我眉骨上降下寒霜
一如我此刻
感到的警告。
你未遵守的誓言，
你轻佻的名声；
你的名字飘过悠悠众口，
徒留耻辱斑斑。

人们对我说起你，

响在我耳犹如丧钟；
使我不由颤抖
你何以令我如此珍爱？
他们不曾了解你，
不曾像我这样懂你
我长久因你而后悔，
悔不能言。

我们悄然相逢
我无语伤怀，
你的心已变，
情已不再。
事隔经年，
若你我重逢，
我将以何迎你？
以沉默，以眼泪。

珀西·比希·雪莱

1792—1822

19世纪英国著名作家、浪漫主义诗人，代表作有《西风颂》等。雪莱受空想社会主义的影响，构想出理想社会的雏形，他在政治上支持爱尔兰民族独立，又预言了希腊独立，所以被恩格斯称作“天才的预言家”。雪莱的很多优秀的抒情诗反映了他的民主思想和战斗精神，斥责英国统治阶级，鼓励劳动人民奋起改变自己的奴隶处境。雪莱崇尚大自然，在歌颂自然美的同时寄托自己对光明、自由的追求。他熟悉大自然，把自然人格化、精灵化，烘托出个性解放的“人”。雪莱的诗是典型的心灵化了的社会生活，他诗歌的幻想性、描写大自然的自由手法、奇妙无穷的比喻和语言的音乐性，构成了他复杂多变的艺术风格。拜伦曾经说过：“雪莱是世界上最不自私的人，别人和他相比几乎全都成了野兽。”

致玛丽

哦，亲爱的玛丽，你来了
棕色的眼睛明亮又清澈。
你甜美的声音，像鸟儿
对着孤独的爱侣唱起恋歌
它正在常春藤荫下暗自忧伤；
这甜美之音无与伦比！
你的额角更加……
比……天空更加
这蔚蓝的意大利的天空。
亲爱的玛丽，快回到我身边，
你的远离让我难过；
你，我的至爱，对于我
像落日之于圆月，
像曙光之于西天的星。

哦，亲爱的玛丽，你来了；
城堡回荡着低语：“来了！”

约翰·济慈

1795—1821

英国杰出的浪漫主义诗人，才华横溢，与雪莱、拜伦齐名，代表作有《夜莺颂》《希腊古瓮颂》等。济慈主张“美即是真，真即是美”，擅长描绘自然景色和事物外貌，表现景物的色彩感和立体感，他独特的写作技巧、华丽的词藻和追求完美的精神对后世抒情诗的创作影响极大，同时，对丑的鞭挞和对美的追求也构成了其抒情诗的基调。济慈笔触清新，选材独特，在他的诗里，无论绝美的爱情还是催人奋进的激情，都像被赋予灵魂的呐喊，引起心灵的共鸣。济慈去世时年仅25岁，他的写作被认为完美地体现了西方浪漫主义诗歌特色，他也因此被推崇为欧洲浪漫主义运动的杰出代表。

璀璨的星，我愿和你一样坚定

璀璨的星，我愿和你一样坚定——
不再孤独高悬于夜空照耀
像大自然耐心而警觉的隐士，
永远睁着眼睛，注视，
涌动的潮水不断冲刷尘世的海岸
像牧师执行圣洁的洗礼，
注视新雪如柔纱
铺盖在群山与荒野上——
不——我只愿坚定而长久地，
枕靠我的爱人那熟透的胸脯，
日夜感受它温柔的起伏，
醒在甜蜜的波澜中，
仍旧听见她轻柔的呼吸，
就这样活着——抑或在狂喜中死去。

致——

（致一位他曾在沃克斯霍尔邂逅的女士）

自从我对你的美丽自投罗网，
情愿被你的纤纤素手俘获，
时光之海已有五年不曾涨潮，
久长的岁月反反复复在沙漏中流泻。
每当我仰望夜空，
仍看见你明亮的目光；
每当我凝视娇艳的玫瑰，
灵魂就向着你的脸颊飞翔；
每当我贪看初放的花蕾，
我爱恋的耳朵，如在梦中贴近你的唇，
渴望倾听爱的软语，错误地吞食
它的芳香：——甜蜜的记忆
胜却人间无数快乐，
我的欢喜也因此徒增忧伤。

海因里希·海涅
1797—1856

19 世纪德国著名的抒情诗人和散文家，被称为“德国古典文学的最后一位代表”，代表作有《诗歌集》。海涅既是浪漫主义诗人，也是浪漫主义的超越者，他能以平常的词汇和普通的语句构造出思想深刻、生动优美的诗歌。海涅还是新闻工作者和随笔作家，他把日常语言诗意化，将报刊上的文艺专栏和游记提升为一种艺术形式，赋予了德语一种鲜为人知的风格上的轻松与优雅。在德国文学中，既是作家又是思想家的不乏其人，但海涅能将二者完美地统一，没有让诗歌负担哲学的沉重，并不多见。

我爱这洁白纤柔的身体

我爱这洁白纤柔的身体，
这样的四肢回应爱的拥抱，
热情的眼睛，额角覆盖着
缕缕浓密卷曲的乌发。

你正是我追寻的那个人
踏遍天涯，历经风霜。
你为我而生；深知我心；
我们得以平等畅谈。

你亦在我身上找到心之所念。
不用很久，你会慷慨地回报我
以善良、亲吻与挚爱——
接着，一如往常，你将背叛我。

亚历山大·普希金

1799—1837

俄罗斯著名文学家、19世纪俄罗斯浪漫主义文学主要代表、现实主义文学的奠基人和现代标准俄语的创始人，被誉为“俄罗斯文学之父”和“俄罗斯诗歌的太阳”。普希金的作品崇高的思想性和完美的艺术性使他具有世界性的重大影响，他的文字表现了对自由和生活的热爱，对光明必能战胜黑暗、理智必能战胜偏见的坚定信仰。除了诗歌以外，普希金的创作还包括小说，比如《上尉的女儿》《别尔金小说集》等。普希金受到沙皇政府迫害，1837年在其策划下与人决斗而死，年仅到38岁。普希金的重大贡献，在于创建了俄罗斯文学语言，确立了俄罗斯语言规范，在诗歌、小说、戏剧乃至童话等文学领域都给俄罗斯文学创立了典范。

致——

我记得你出现在我眼前
那美妙的时刻，
如瞬间的幻象，
似纯美的灵魂。

我在无望的悲伤中惶惑，
在喧闹的尘世里迷失，
我听见你声音的回响
时常梦着你的身影。

岁月不息。风暴携着
激荡的气流散去，如在梦中。
我已忘记你温柔的声音，
你可爱的面容。

我在偏僻的黑暗里流放，
漫长的日子这样难捱，
没有恩宠，没有灵感，
没有生命，没有眼泪，也没有爱。

可我的灵魂突然苏醒
是你，你又出现了，
如瞬间的幻象，
似纯美的灵魂。

我的心快乐地跳动着，
那来自深处的狂喜，
恩宠和灵感，
眼泪，生命与爱。

我曾经爱过你

我曾经爱过你，或许依然在爱，
这种感觉仍延续着……
就让我的爱不再将你困扰吧，
我不愿带给你更多痛苦。
我曾经爱过你；我深知这无望，
嫉妒，羞怯——我的爱这样温柔与真实——
尽管一切皆是徒劳
愿上帝赐予你再度被爱的权利。

维克多 · 雨果
1802—1885

法国诗人、小说家和剧作家，19 世纪前期积极浪漫主义文学的代表作家，人称“法兰西的莎士比亚”，代表作有《悲惨世界》。雨果一生的创作期长达 60 年，写过多部诗歌、小说、剧本、各种散文和文艺评论及政论文章，对本国以及世界产生了广泛影响。雨果的诗歌具有瑰丽的色彩，充满天马行空的想象和绝妙的乐感，用字丰富，韵法巧妙，风格优雅、精美而雄伟，又不失朴实。他的小说以人道主义为立场，同情人民的疾苦，赞颂真善美，鞭挞黑暗、丑恶和残暴。

明天，破晓之前

明天，破晓之前，大地泛白的时刻，
我将离开。你看，我知道你在等待我。
我将穿越丛林，翻山越岭。
我再也无法忍受远离你。

我步伐坚定，信念指引目光，
胸无杂念，耳中寂然，
独自一人，前路茫茫，我弓起背，攥紧手，
心中凄凉，白昼于我形同黑夜。

我不看暮色渐临时金黄的晚霞，
也不看远处的风帆落入阿夫勒尔，
当我到来，我会在你的墓前
放一束冬青和盛开的石南。

坟墓与玫瑰

坟墓问玫瑰:
“黎明的露水,
爱的花朵,是否都会死去?”
“死去的人们,
灵魂随之消逝
坟墓的嘴是否无法预告?”
玫瑰问坟墓。

玫瑰说:“在阴影中
黎明的眼泪化作
一阵奇异的芬芳,
香如琥珀,甜似花蜜。”
“所有灵魂
在空中飞逝,
比露水更奇异,
它们化作上帝新的天使。”
坟墓对玫瑰说。

伊丽莎白·勃朗宁
1806—1861

又称勃朗宁夫人，英国维多利亚时代最受人尊敬的诗人之一。15 岁时骑马不幸跌损了脊椎，从此下肢瘫痪达 24 年。在她 39 岁那年，结识了小她 6 岁的诗人罗伯特·勃朗宁，她充满着哀怨的生命从此打开新的一章。勃朗宁的诗歌有两个重要的主题：一是抒发生活之情；二是争取妇女解放，反对奴隶制，揭露社会弊端，表现进步的理想。她的诗具有炽热充沛的感情和扣人心弦的力量，语句精练，才华横溢，带有较浓的感伤性质。勃朗宁作品中广泛的议题和思想，对艾米丽·狄金森和艾伦·坡等诗人都有重要影响。她的诗集是她的爱情生活的真实写照，堪称英国文学史上的珍品之一，其美丽动人，甚至超过莎士比亚的十四行诗。

我怎样爱你

我怎样爱你？让我一一细数。
我爱你，直至灵魂所能触及的
最深，最广与最高处，当我在黑暗中
感受存在的终极与上天的恩惠。
我爱你，一如每日那不必言说的
需要，对日光与烛火之需。
我自由地爱你，像人们争取权利；
我纯洁地爱你，像人们漠视赞美。
我爱你，以昔日悲伤中
爆发的激情，以我儿时的信仰。
我爱你，以我跟随逝去的圣徒们
一起消散的爱——我爱你，以呼吸，
微笑，眼泪，我生之所有！——假如上帝应允，
我将在死后更加爱你。

葡萄牙抒情十四行诗38

他第一次吻我，只吻了
我用于写诗的手指；
从此以后，它愈加洁白纯净，
懒于应对世俗，却敏于召唤
当天使说“哦，快听”。我不愿佩戴
紫水晶戒，比起第一次吻，
它未免朴素了些。第二个吻
在更高处落脚，轻抚过，我的额角
栖落在发间。哦，何止奖赏！
那是爱的圣油，是爱授予自己的皇冠，
圣洁芬芳，举世无双。
第三个吻落在我的唇上
如此美妙；就在此刻，容我
骄傲地宣布：“我的爱，独属于我。”

埃德加·艾伦·坡
1809—1849

美国作家、诗人、编辑与文学评论家，美国浪漫主义运动重要人物之一，美国短篇小说先锋之一，以哥特式小说闻名于世。1845 年，他发表诗歌《乌鸦》，声名鹊起。与爱默生、惠特曼等主流作家乐观自信、热情洋溢的格调不同，坡通过展示死亡与丑恶来表现独特的浪漫主义灵感，以象征、隐喻的方式表达自己对世界、对人性的理解。坡认为诗和小说不能过长，要让读者“一口气读完”，否则尘世的杂事会干扰读者的阅读和欣赏过程，破坏作品效果的统一性。象征主义的“纯诗”主张，最早也是坡提出来的。他的诗歌韵律优美，用词典雅浪漫，暗合了他关于诗歌音乐性的主张与实践，对法国象征主义影响深远。

晚星

夏日的正午，
夜深时分；
群星，在各自的轨道上，
苍白地闪烁，月光明亮
而清冷，
行星是她的奴仆，
她身在天堂，
光芒似波浪。
我长久地凝视
她冰凉的笑容；
太冰凉——对于我太冰凉——
一朵云飘过，
将它覆盖，
我转向你，
骄傲的晚星，
眺望你遥远的光辉，
你的光芒更亲切；
我内心的喜悦
是你存留于夜空的

一份荣耀，

让我更倾慕的

是你辽远的火焰，

而非那低悬的冷漠的光。

致海伦

海伦，你的美丽对我
宛如远古尼西亚的帆船，
那样温柔，划过芳香的大海，
载着久经漂泊疲倦的游子
回到故乡的海岸。

我已惯于在汹涌的海上漂荡，
你紫蓝色的秀发，典雅的面容，
仙女的风姿引领我
回到希腊的荣耀，
罗马的辉煌。

瞧！透过明亮的窗龛
我见你如雕像般屹立，
手握玛瑙的灯盏！
啊，普赛克，你来自那片
神圣之地！

译者注：普赛克，罗马神话中的灵魂女神，外表和心灵美丽无双，为爱神丘比特所爱慕。

艾米莉·勃朗特
1818—1848

19 世纪英国作家与诗人，著名的勃朗特三姐妹之二姐，代表作有小说《呼啸山庄》，诗歌《囚徒》、《晚风》。艾米莉被誉为 19 世纪二十二位杰出诗人之一，英国著名诗人和评论家马修·阿诺德曾写过凭吊她的诗句，认为她心灵中非凡的热情和强烈的情感、她的忧伤和大胆，是“拜伦之后，无人能与之媲美的”。艾米莉的大部分诗作都是描写大自然的，她幻想贡代尔王国的悲惨事件或自己的亲身感受，因此常常独自徘徊在荒野中，体验大自然与人灵息相通的一瞬。艾米莉的诗歌在内容题旨和艺术手法上都有创新和超越，节奏韵律自然明快，堪称诗中精品。

假如以悲伤交换悲伤

假如以悲伤交换悲伤能感动你，
假如以哀痛回应哀痛，
假如任何怜悯能融化你，
现在就奔向我吧！

我从未如此孤独，
从未如此凄凉！
我疲惫的心狂跳不止，
它会因你而碎裂。

当世人对我投以冷眼，
当天堂驳回我的祈祷，
我的天使可会抚慰？
我的神可会倾听？

是的，以我为你流淌的眼泪，
以我日夜感受的苦痛，
哦，我的至爱，我将
再次赢得你的心！

沃尔特·惠特曼

1819—1892

美国杰出诗人，人文主义倡导者，被誉为美国“诗歌之父”，代表作有《草叶集》，其中收入名篇《自我之歌》。惠特曼的诗歌视野开阔，对壮丽的自然界和人文环境的描绘蕴含着跳跃的节奏和丰富的音乐质感，颇有歌剧的庄严雄浑。惠特曼创造了长歌式的自由诗体，一泻千里，无所不容，对诗歌形式进行了大胆创新，对美国后来的现代派诗人，例如艾伦·金斯堡，芝加哥诗派以及“垮掉的一代”，都产生了深远影响。

丽人

女人们坐着，或来回走动——有些年老，
有些年轻；
年轻女人很美——但年老的
比年轻的
更美。

一瞥

一瞥，从缝隙中看去，
看见一间酒吧，一群工人和司机围炉而坐，
冬日的深夜——我坐在角落，毫不起眼；
看见一个爱我的年轻人，也被我爱着，他默默走近，
坐在我身边，也许他会握起我的手；
久久不放，在人来人往的喧哗中——人们推杯换盏
讲着豪言和荤话，
只有我们两人，心满意足，愉快地相伴，不需多言，
也许无言。

夏尔·波德莱尔

1821—1867

法国现代派诗人，象征派诗歌先驱，代表作有《恶之花》。作为西方现代主义文学的先驱，波德莱尔在诗歌题材上大胆创新，选取城市的丑恶与人性的阴暗面，在声、光和色的背后捕捉事物的秘密，拒绝把生活空虚地理想化，而是返回存在的本质，把社会病态诉诸笔端。波德莱尔在写作上摒弃传统，独辟蹊径，充满大胆的反叛精神。在语言上，他讲究字斟句酌，让诗歌形象生动、寓意深远、富于表现力。波德莱尔不但是法国象征派诗歌的先驱，而且是现代主义的创始人之一，他的审美反映出现代主义的美与善，即诗人用最适合表现内心真实感情的艺术手法，独特而完美地展现自己的精神境界，他的美学原则直接影响了19世纪法国最有声望的象征主义诗人魏尔伦、马拉美和兰波。

她行走之时

她行走之时，都像在舞蹈！
她扭动的衣衫，像闪光的长蛇
随僧人挥动的魔杖起伏
苏醒，焕发光彩。

就像沙漠与天空
对人类的苦难无动于衷，
就像海洋无边的迷宫
她冷漠地抛出身体。

她光亮的眼睛是珍贵的矿藏，
在她不可思议含蓄的本性中
天使与斯芬克斯相互交织，
钻石、黄金与钢铁融为一束光，
永远耀眼，那星辰一样无用的，
是贫瘠的女人冰冷的威严。

贝莎的眼睛

你可以嘲笑更灿烂的眼睛，
我的孩子可爱的眼睛，从那里飞起
夜一般美好或温柔的东西。
将你迷人的影子转向我吧，可爱的眼睛！
孩子美妙的眼，让人疼爱的秘密
你像充满魔力的洞穴
在黑暗与昏睡背后，
被世界遗忘的珍宝闪着隐约的光。
我的孩子被面纱蒙上眼，深邃又苍茫，
闪耀如你，夜晚，那九天之上的无垠！

它们的信任之火，与爱的念想交融，
自深处散发，艳丽或纯洁之光。

艾米莉·狄金森
1830—1886

美国传奇诗人，20世纪现代主义诗歌的先驱之一，与沃尔特·惠特曼齐名。25岁时起开始30年的隐居生活，留下诗作1700余首。狄金森的诗歌主题宽广，涉及自然、生命、信仰、友谊、爱情、永恒与死亡，等等，其诗风格凝练、意象独特、语言精微、思想幽深，充满趣味，极具先锋性。狄金森的诗歌对20世纪以来现代诗写作具有深远的影响，也给予中国当代诗人和读者以无限启迪。

灵魂选择她自己的侣伴

灵魂选择她自己的侣伴——
然后——关上门——
忠于内心神圣的选择——
不再抛头露面——

不为所动——她看见车辇——停在——
她低矮的门前——
不为所动——即使帝王拜倒在
她的石榴裙边——

我了解她——于茫茫人海中——
选择了唯一——
从此——心无杂念——
坚如磐石——

我一直在爱

我一直在爱
让我给你证据
从我去爱的那天起
我从未——活够——

我将永远爱着——
我向你宣告
爱是生命——
生命永不磨灭——

这一点——亲爱的——你可曾怀疑——
那么我
再没有别的能够给你
唯有我的苦难

克里丝蒂娜・罗塞蒂

1830—1894

英国维多利亚时期著名女诗人，先拉裴尔派的一员。她的诗受其兄画家和诗人但丁·迦百列·罗塞蒂的影响，兼具抒情性和神秘感，诗风唯美、忧郁细腻。她的诗歌表达出宗教虔诚和对爱情的热切企盼，语言虽哀婉，情感却炽热，貌似平静的吟咏中蕴含情感的激流，因此体现出一种自相矛盾的感情：既有感官上的审美情趣，又有圣洁神秘的宗教信仰。弗吉尼亚・伍尔芙曾说："在英国女诗人中，克里丝蒂娜・罗塞蒂名列第一位，她的歌唱得好像知更鸟，有时又像夜莺。"

记起

记起我，当我离去，
远离你，去往寂静之地；
当你无法再牵住我的手，
我也不能转头离去，又转身停留。
记起我，当日复一日
你说起我们的未来，你早有安排：
只记起我就好；你全然明了
规劝或祈祷为时已晚，
假以时日，你若将我遗忘
又再记起，切莫悲伤：
倘若剩下的只有黑暗与腐朽
我尚存的思绪，
不要你在悲伤中记起
只愿你微笑着忘记。

死后

窗帘半垂半掩；清扫过的地板上
铺着灯芯草；迷迭香与山楂花
堆满我正安睡的床头，
窗格外，常春藤的影子缓缓晃动。
他对我俯下身，以为沉睡的我
再也无法听见；可我听见他说，
“可怜的孩子，可怜的孩子”；他转过身
沉默良久，我知道他在哭泣。
他没碰我的寿衣，没掀起
盖在我脸上的布，没握我的手，
也没抚弄我平滑的枕头。

我活一世而不得他爱；死后
才得他怜悯；多么美好
他仍有温情，虽然我已冰凉。

托马斯·哈代
1840—1928

英国小说家、诗人。19世纪英国最杰出的批判现实主义作家，代表作有《德伯家的苔丝》《无名的裘德》。无论长短篇小说，还是小品文、诗歌、诗剧，哈代都有上乘的佳作，但使他扬名的还是小说。他的小说多以农村生活为背景，描写资本主义入侵英国农村后社会经济、政治、道德、风俗等方面的变化，还有破产农民的悲惨命运。对人类命运深刻的悲剧性探索，让他的作品带有浓重的悲剧意识。弗吉尼亚·伍尔芙称他为“英国小说家中最伟大的悲剧大师”。哈代晚年转向诗歌创作，中国诗人徐志摩对哈代推崇备至，他翻译了哈代的诗歌《她的名字》《窥镜》《伤痕》《分离》，认为“哈代是现存作家中最伟大的一个”。

当我死去，致——

这样会好得多
当我长眠于树下；
我更是自己，亲爱的
远胜此时。

再无任何抱怨
使你疲倦
我会让你看见：争斗与压力
毫无影踪。

流逝的生命——短暂的灾祸
终将消散
当我重回自己久违而正确的居所
在浩瀚中。

当你前来探望
表露你的真心，
不要怀疑，我永远坚定地
把你等待。

回声精灵如是答

我该爱她多久?
一世，还是一时?
“一时。”

唉！何时把她忘记?
多年以后，还是今年六月?
“今年六月。”

我该向谁求爱?
一个，还是一群?
“一群。”

我要迎娶其中一个
是将来，还是现在?
“现在。”

谁才是我的新娘?
对的，还是错的?
“错的。”

我的解药——是什么做的?

一把黄金，还是一抔黄土?

“一抔黄土。”

拉宾德拉纳特 · 泰戈尔

1861—1941

印度伟大的诗人、哲学家和民族主义者，代表作有《吉檀迦利》《飞鸟集》。1913 年，他以《吉檀迦利》成为第一位获得诺贝尔文学奖的亚洲人。泰戈尔的诗中含有深刻的宗教和哲学见解，他所信仰的神存在于万物之中，他否认超自然的神的存在，而最后归结为人格的真理。对他而言，诗是他奉献给神的礼物，他的诗在印度享有史诗的地位。

别离词

当我从这里离开
就让这成为我的临别赠言，
我所眼见的一切都不可超越。

我已尝过这朵莲花深藏的蜜汁
在光之海上漫延，
我因此得到福佑
——就让这成为我的临别赠言。

在这变化万千的游戏房
我已尽兴
并在此处看见无形的他。

我的整个身体与四肢
因他的碰触而颤栗，他不可碰触；
假如生命已到尽头，那么来吧
——就让这成为我的临别赠言。

永恒之边

心怀渺茫的希望，我找寻着她
找遍房间所有的角落；
不见她的身影。

在我小小的房子
失去的已无处可寻。

但你的华宇宽广无边，我的主，
我需来到你门前，索要她。

伫立在你黄昏金色的天幕下
我抬起急切的双眼将你凝望。

我已来到永恒之边，这万事不可磨灭之处
——泪光中不见希望，不见幸福，不见一张
　脸孔。

哦，将我空虚的生命沉入海中，
沉入它丰满的深处。

让我再度感受那曾失去的甜蜜碰触
在宇宙的完满中。

康斯坦丁诺斯·卡瓦菲斯

1863—1933

希腊诗人，长居亚历山德里亚，曾做过记者和公务员。卡瓦菲斯于19世纪末进入诗坛，自觉走上了一条放弃修辞隐喻和语法隐喻的写作道路，被诺贝尔文学奖得主埃利蒂斯认为是能够和艾略特“并驾齐驱”的希腊现代诗人。卡瓦菲斯的诗歌基本不用隐喻和意象，遵循最基本的语言表达，挖掘词与句的原生态，也很少使用形容词和感叹词，力求回到语言的原初意义。他之所以如此，根源在于他本身浓厚的抒情气质，有意压抑以使情感爆发更大的能量，获得理性与激情相互交融、相互提升的美学效果。

1903年，12月

假如我无法说起我的爱——
也不谈论你的头发，嘴唇，眼眸，
藏于我内心的你的脸庞，
回响在我脑海中的你的声音，
在我梦中升起的整个九月，
依旧赋予我的言词，我的诗句以色彩，
无论我触及何种主题，说出何种思想。

召唤阴影

一支蜡烛足够。它轻柔的光
更适宜，也更亲切
当阴影降临，爱的阴影。

一支蜡烛足够。今夜房中
不应有太多光。在深思中，
接纳一切，伴着轻柔的光——
我在深思，将视线汇集
召唤阴影，爱的阴影。

威廉·巴特勒·叶芝

1865—1939

爱尔兰诗人、剧作家和散文家，“爱尔兰文艺复兴运动”领袖，1923年获得诺贝尔文学奖。叶芝的诗受浪漫主义、唯美主义、神秘主义、象征主义和玄学诗的影响，风格独特，他是英语诗歌从传统到现代过渡中的代表性诗人。叶芝早期的诗歌以独特的爱尔兰为题材，语言韵律感强，充满柔美、神秘的梦幻色彩。他的中期诗歌具有精微的具体性，和庞德的意象派诗歌有共通之处，语言质朴而具体，情感表达也更明确。后期诗歌风格更朴实、精确，口语色彩较浓厚，多取材于个人生活和当时社会生活的细节，探索死亡和爱情，表达某种明确的情感和思索。

饮酒歌

酒从口进
爱自眼入；
是我们该懂的真理
老死之前。
我将举起酒杯，
看着你，叹息。

良久沉默后

良久沉默后再度开口；没错，
你我身边的恋人或疏离，或死去，
险恶的街灯隐于灯罩之下，
窗帘遮蔽冷漠的黑夜，
我们探讨，一再探讨着
艺与歌至高无上的主题：
智慧见于肉身之衰朽；谁无
年少相爱，世事未谙时。

赖内·马利亚·里尔克

1875—1926

奥地利诗人，代表作《杜伊诺哀歌》。里尔克的诗歌充满对物的思考，他认为写作能够把物从常规习俗的沉重而无意义的关系中提升出来，经由创造性行为，让物变形为“艺术——物”，一种更加内在、确定和完美的物。里尔克的诗体现了人的孤独和异化，其诗歌语言具有典型的后现代特征，跳跃性和片段性很强。奥地利作家罗伯特·慕齐尔称他是“中世纪以来操德语的民族拥有的伟大的诗人”，他“第一次使德语诗歌臻于完美”。

恋人

看万物怎样在他们的血脉中升华：
他们已成熟，并深入彼此。
如同轮轴，他们颤抖着身躯，
绕其旋转，如痴如醉，焕发光彩。
干渴之人，得水解渴，
旁观之人，且看：收获光明。
就让他们相互沉迷
是为痛快地相互承受。

赫尔曼·黑塞

1877—1962

德国诗人、作家，1946 年获得诺贝尔文学奖。黑塞的诗歌贯穿着一种富于音乐节奏和民歌色彩的浪漫气息，表现出对旅行、自然和朴素事物的爱好，他早期的诗歌具有浓郁的孤独和感伤气质。黑塞通过写作向我们传达诗人与生俱来的悲剧命运——既由历史赋予，也因知其不可为而为之的诗人精神而存在，他的生命在作品中得以延续，影响了世界各地一代又一代人，经久不衰。

没有你

我的枕头整夜凝视我
空洞如墓碑；
我从未想过一个人
竟如此苦涩，
无法枕着你的发丝入眠。

我独自躺在寂静的屋里，
吊灯的光很暗，
我温柔地伸出手
去握住你，
轻轻把我温暖的唇
靠向你，我吻着自己，疲惫又虚弱——
接着猛然苏醒
寒冷的夜悄无声息将我包围。
窗外的星星闪着清光
你的金发呢？
你的芳唇呢？

如今的我在快乐中啜饮痛苦

在美酒里品尝毒液
我从不了解一个人
竟苦涩至此，
一个人，没有你。

日子多么沉重

日子多么沉重。
没有火焰能温暖我，
没有太阳同我一起欢笑，
一切都是贫瘠的，
冰冷残忍的，
哪怕是可亲的，剔透的
星辰，也凄凉地将我俯视，
我才深知
爱也会死。

罗伯特·弗罗斯特

1874—1963

20世纪最受欢迎的美国诗人之一，曾四次获得普利策奖和其他荣誉，被称为“美国文学中的桂冠诗人”，代表作有诗歌《此路未选》《林间空地》等。他与19世纪的诗人有很多共同之处，相比之下，较少具有现代派气息。在创作手法上，弗罗斯特不进行诗歌形式的试验与改革，而是用“旧形式表达新内容”。他受19世纪英国诗人华兹华斯和勃朗宁的影响，用通俗的语言和熟知的韵律描写新英格兰地区宁静乡村的道德风尚，但他对大自然的描写蕴涵深刻，具有象征性和形而上学的意义。弗罗斯特的诗歌朴实无华，却细致含蓄、充满哲思、耐人寻味。弗罗斯特常被称为“交替性的诗人”，意指他处在传统诗歌和现代派诗歌的交替时期。

讨要玫瑰

一间似乎缺少，男主人和女主人的房子，
只有来去的风关上房门，
地上满是玻璃与灰泥；
坐落在开满老式玫瑰的花园里。

黄昏时分，我和玛丽途经此处；
“真想知道，”我说，“花的主人是谁。”
“哦，你一定不认识，”她轻快地回答，
“可我们得去问问，能否摘些玫瑰。”

于是我们手牵手，踏着冰凉的晚露
林中一片沉寂，
我们转而大步走向未锁的门，
连声敲响，仿佛讨要玫瑰的乞丐。

“请问，你在吗，不知姓名的女主人？
我是玛丽，有一事相求。
请问，你在吗？快打起精神来！
天已入夏；这儿有两个为玫瑰而来的人。”

“我有言相赠，一位歌者忆起——
老赫里克：他说每个少女都了解
好花不摘，唯有凋落，
玫瑰不折，亦无他用。”

我们仍旧十指相扣
（并不介意她心中作何感想），
她以朦胧的光辉降临
在沉默中施予我们福音的玫瑰。

卡尔 · 桑德堡
1878—1967

美国著名诗人、传记作者和新闻记者，代表作有《亚伯拉罕：战争的年代》《蜜与盐》。桑德堡被誉为“人民的诗人”，他善于运用通俗语言和日常对话的节奏，描绘先驱开拓时期赤裸而有力的现实和美国工业化扩张，表达中西部的乐观和民主精神。《芝加哥》是他的早期诗作之一。另外，他还创作了雅致的抒情诗，如《雾》，展现出精粹、细致的意象派风格。1940 年，桑德堡因作品《亚伯拉罕：战争的年代》获得普利策历史著作奖。1951 年，他因《诗歌全集》获得普利策诗歌创作奖。

泥瓦匠的爱情

我想过了结自己，因为我只是个泥瓦匠
而你是个爱着药店老板的女人。

我不像从前那样在意；把砖块垒得
比过去更整齐，慢慢哼着歌，用泥刀消磨整
　个下午。

当太阳照进我的双眼，梯子晃动起来
灰泥板不听使唤，我想起了你。

卡里·纪伯伦

1883—1931

黎巴嫩作家、诗人和画家，20 世纪阿拉伯新文学道路的开拓者之一，黎巴嫩文坛骄子，代表作有《先知》《沙与沫》。纪伯伦的文学作品受到尼采思想的影响，蕴含了丰富的社会性和东方精神，不以情节为重，旨在抒发丰富的情感。他的诗歌具有浓重的浪漫主义和象征主义色彩，他以阿拉伯文和英文进行双语写作，每种语言都清丽流畅，美国人称赞他像从东方吹来的横扫西方的风暴，他带有强烈东方意识的作品被视为东方赠给西方最好的礼物。纪伯伦以其散文诗享誉世界，《沙与沫》包含很多篇幅短小、哲理深刻的寓言、谚语和格言，而《先知》则有意模仿《圣经》，借助人与万物和谐统一的通感手法，表达具有泛神论色彩的神秘主义的意蕴，他的模仿同时也暗合了阿拉伯文学善用比喻、寓言、格言等智慧文学形式来言明道理的文学传统。冰心曾说："纪伯伦是贫苦出身，他的作品更像一个饱经沧桑的老人在讲为人处世的哲理，于平静中流露出淡淡的悲凉。"

婚姻

你们一起出生，永远同在。
你们同在，当死亡的白翼覆盖你们的日子。
唉，你们同在，即使在静默中追忆上帝。
但请为你们的亲密留下空白，
让天堂的风在其间舞动。

去爱对方，而不生出爱的桎梏：
让爱成为大海，在你们灵魂的海岸间流动。
把对方的酒杯斟满，而不贪饮同一只。
把面包分享给对方，而不共食同一片。
一起歌舞，心怀喜悦，而让彼此享受独处。
即使颤动的琴弦弹奏同一首乐曲，却根根独立。

奉献自己的心，而不让彼此收留。
唯有生命之手能将其容纳。
站在一起，而不靠近：
因为庙宇的石柱彼此分离，
橡树与柏树亦不在彼此的阴影中生长。

《沙与沫》选章

人们说夜莺唱起情歌时，一根刺
　扎入他的胸膛。
我们也都如此。否则如何歌唱？

许多女人只是借用男人的心；真
　正将其拥有的寥寥无几。

每个男人都爱着两个女人；一个
　诞于想象，另一个尚未出生。

假如爱无法在每一天重获新生，
　它将成为习惯，继而被奴役。

爱与怀疑不睦。

爱是光明的词，被光明的手书写
　在光明的书页上。

若不让我心碎，我的心将如何开启？

威廉·卡洛斯·威廉斯

1883—1963

20世纪美国最负盛名的诗人之一，与象征派和意象派联系紧密，代表作有长篇叙事诗《佩特森》。威廉斯的一生主要行医，直至50年代退休，业余从事诗歌写作，也写小说和评论文章。威廉斯的创作曾受到大学时期的好友庞德和其他意象派作家的影响，同时继承了惠特曼的浪漫主义传统，并在诗歌形式方面进行实验，发展了自由诗体。他反对感伤主义的维多利亚诗风，坚持“美国本色”，力求用美国本土语言写作，很少使用普通读者不熟悉的词汇。威廉斯被称为美国后现代主义诗歌的鼻祖。

情歌

与你相见之时
我该说些什么？
然而此刻——
我正躺着想你。

爱的斑痕
遍布人间。
黄的，黄的，黄的，
它渗入每一片叶子，
把橙黄色涂满
光滑的
紫色天空下
分叉的树枝。

没有光——
只有蜂蜜般浓稠的污点
从片片树叶上滴下
落在根根枝干上
摧毁整个世界

的颜色。

我孤身一人。
爱的重量
将我托起
直到我的头
能触摸天空。

看看我！
我的头发滴着甘露——
椋鸟的黑色羽翅
接住了它。
看看吧，至少
我的手臂和掌心
还空空荡荡。

要我如何告诉你
日后我还能像此刻
这样爱你？

戴维·赫伯特·劳伦斯
1885—1930

20世纪英国杰出的小说家、诗人、批评家和画家，代表作有小说《儿子与情人》和《查泰莱夫人的情人》，诗集《大象》。《英国评论》的编辑福特·马多克斯·休弗曾给予他高度评价："浸透情欲的天才。"劳伦斯的小说泼墨最多的还是两性关系，他大胆地触及到性，也因此饱受争议。他对性的描写活色生香、淋漓尽致，除了展示性的美丽和必要，旨在歌颂爱，从而对西方工业文明背景下爱的禁锢、压抑、扭曲和异化进行抨击。劳伦斯早期的诗歌大多带有自传性质；到了中期，他的目光转向了自然；晚期的诗歌书写死亡和重生。他的诗歌语言对英美现代诗歌口语运用、自由体发展及意象铸造方面也颇有影响。

年轻的妻子

爱你的痛苦
我已无法承受。

我行走在对你的恐惧中。
黑暗始于
你站立的地方，夜晚从你眼中
降临，当你凝望我。

啊，昔日的我从未见过
阳光里长出阴影！

此刻每一棵喜悦的大树
都背向太阳
俯视大地，去看
它曾躲避过的阴影。

每一个发光体的脚边
都躺着一个夜，扬起脸庞。

哦，我多想歌唱
舞蹈，却无法将眼神
从阴影上挪开：那黑暗
围着杯子洒落一圈。

那是什么？——听
空中若有似无的美在沸腾！

仿佛果壳中沸腾的声音！
是死亡在喧哗
那里野花晃动着铃铛
云雀闪现于碧空——

爱你的痛苦
我已无法承受

埃兹拉·庞德

1885—1972

美国诗人和文学评论家，意象派诗歌运动的重要代表人物。1912 年，庞德首次采用意象派名称，要求诗人以鲜明、准确、含蓄和高度凝练的意象生动及形象地展现事物，并将诗人瞬息间的思想感情融化在诗行中，反对发表议论及感叹。庞德与欧美文学界人士广为交游，为打破英美诗歌的沉寂，促进美国文学的复兴做出了独特贡献。庞德同时也是优秀的翻译家，在促进中西文化交流方面发挥了积极作用，他的意象派作品汲取了中国古典诗歌和日本俳句的形式与特点。在艺术上，庞德的态度求真务实，善于借鉴世界文化的优秀遗产，立足美国本土诗歌的发展，以拿来的态度，形成意象主义诗歌理论，让美国诗歌摆脱英国正统的影响，走上现代化的道路。

女孩

树已扎根我的双手，
汁液顺着我的手臂升腾，
树在我的胸膛生长——
枝条向下，
从我的身体里伸出去，就像手臂。

你是树，
你是青苔，
你是风拂过的紫罗兰。
你是——孩子——如此高尚，
世界却视之为愚蠢。

晨曲

她像山谷百合苍白而湿润的叶子
那样清凉
黎明时分，躺在我身旁。

格奥尔格·特拉克尔

1887—1914

20世纪奥地利表现主义诗歌的先驱，代表作有《梦中的塞巴斯蒂安》。特拉克尔一生经历坎坷，在第一次世界大战中因服毒过量死于前线，年仅27岁。他富有感觉和激情，极具语言天赋，在短暂的一生中塑造了一种无比独特的诗歌风格，用晦涩而优美的语言、神秘的节奏、深重的死亡和毁灭的意象，传达那个黑暗时代的本质，被认为是20世纪上半叶最重要、最有影响力的德语诗人。

夏日奏鸣曲

腐烂的果子气味极美。
灌木与树丛发出愉快的声音，
成群的黑蝇歌唱
在棕色森林的空地上。
湖水的深蓝里
野草熊熊燃烧。
我听见突然到来的爱在哭泣
那声音自黄色花墙上旋转而来。
蝴蝶已追逐自己很久；
我的影子在迷人的牧场上醉舞
百里香遍地丛生。
狂喜的乌鸦热烈地鸣叫。
白云现出僵硬的乳房，
被树叶与浆果环绕
黑暗的松树下，你看见
一具骷髅拉着小提琴，露齿而笑。

费尔南多·佩索阿

1888—1935

葡萄牙著名诗人、作家，20 世纪代表诗人之一，代表作有诗集《使命》。佩索阿在文学上以“化名”的写作手法闻名，化名之外的“自我”，反映作者真正的性格。作为抒情诗人，佩索阿讲究韵律，追求诗歌内容与形式的和谐统一，作品极富音乐感。佩索阿扮演的化名诗人作品内容相似，但风格迥异，不同的化名表达诗人内心不同的声音，让诗歌千姿百态。佩索阿敢于剖析自我，关注祖国的现实和命运，但他终生未能摆脱悲观绝望的情绪，孤寂惆怅的心情贯穿其多数诗篇。

《恋爱中的牧羊人》（节选）

明月高悬夜空，时已春天，
我想起你，内心感到圆满。

一阵清风穿过雾蒙蒙的田野吹向我。
我想起你，轻唤你的名字。我不是我了：
我很欢喜。

明天你会到来，与我同行，去田野里
　摘花。
你我走在田间，我看着你摘下
　花。

我已经看见明天和你走在田间
　摘花的样子，
可等你明天来了，当真和我同去
　摘花，
对我而言将会多么喜悦而新奇。

恋爱中的牧羊人（节选）

爱是陪伴。
我已不知怎样独自在路上行走，
因为我已不能独自行走。
一个清晰的念头使我走得更快
所见更少，同时享受眼前的一切。
哪怕她的缺席都成为与我同在的事物。
我对她太过倾心，才不知怎样去渴求她。
我若不见她，就会想象她，变得像大树一样
　强壮。
可我若见了她，就会颤抖，浑然不知在她
　缺席时我的感觉
究竟出了什么事故。
我的全部像一种抛弃我的力量。
所有真实看着我，如一朵在中心现出她面庞的
　向日葵。

加夫列拉·米斯特拉尔

1889—1957

智利女诗人，1945 年获得诺贝尔文学奖，成为拉丁美洲第一位获得该奖的诗人。米斯特拉尔的诗歌多以爱情和母爱为主题，她有过几次失败的爱情，使她一生的情感世界及部分诗歌创作都蒙上了一层挥之不去的悲剧色彩和梦魇气息。她终生未婚，没有生育，但她女性的本能、母性的本能和爱的本能，以及她在母亲身上感受到的博大、神圣，驱使她创作了许多礼赞母性、祝福儿童的优秀诗篇。米斯特拉尔恰当地运用自然意象表达内心的热烈，她对现代主义诗歌的改革，最重要的一点是，将意境拉回到现实的轨道上来，并且摒弃了抽象象征的手法，给诗歌注入激情。

纪念日

我们不断前行，
不睡也不醒，
走向你我约会的地点，不知不觉
我们已经到达，
那里沉默无可挑剔，
肉体荡然无存。
我们听不见召唤，
召唤者终究不肯露面。

但也许这会是
哦，我的爱人，是一份馈赠，
一张无需示意的永恒的面容
一片无形的疆土！

安娜·阿赫玛托娃

1889—1966

俄罗斯“白银时代”的代表诗人，20世纪俄罗斯最伟大的女诗人之一，她被誉为“俄罗斯诗歌的月亮”，代表作有《安魂曲》。阿赫玛托娃一生充满苦难，她曾在自述中说过：“我能生活在这些岁月中，并阅历了这些年代无与伦比的事件，我感到幸福。”阿赫玛托娃的诗歌具有俄罗斯古典诗歌优美、清新与简练的特点，对苦难的描写又有高亢、宽阔和明亮的质感，十分现代。她的诗以清新、委婉的笔触打破了当时俄罗斯文坛晦涩的象征气氛。阿赫玛托娃的伟大在于她的爱与国家、人民同在，也在于她是一位伟大的时代女性，具有强烈的自我意识，她的一生折射出20世纪跌宕的俄罗斯民族史。

假如天空中月亮不再徘徊

假如天空中月亮不再徘徊，
静止了，如黑夜的印章，
我死去的丈夫回到家中
翻阅情书。

他还记得那个盒子，橡木做的，
上了锁，十分神秘，
地板上传来沉重的足音
那是他戴着铁镣的双脚。

他在校正约会的时钟
望着表盘上模糊的花纹。
难道这一世他所受的悲苦
还不够多吗？

他的确爱着

他的确爱着人世间的三样事物：
晚祷时的唱诗班，白化孔雀，
破旧而斑驳的美国地图。
他不爱孩子的哭声，
覆盆子就茶吃，
或是女人的歇斯底里。
……而我是他的妻子。

奥西普·曼德尔斯塔姆

1891—1938

前苏联犹太裔诗人，出身犹太商人家庭，代表作有《石头》《哀歌》。曼德尔斯塔姆曾作为象征派诗人加入俄国现代诗歌团体“阿克梅诗人小组”。30年代，他的诗歌写作反对现有体制，试图创建一种崇尚独立、自由、民主的新文化，为当局所不容。1933年，他因为一首讽刺当局的著名诗歌《我们生活着，感受不到脚下的国家》而被捕流放。之后，俄国文坛开始对曼德尔斯塔姆展开批判，再次被捕后，他被冠以“从事反革命活动”的罪名判刑五年，流放远东，终年47岁，直到1987年才得到平反。由于意识形态的原因，曼德尔斯塔姆的作品被长期封杀，直到近年才重新引起文学界重视，其文集、诗集被多次翻译、再版。

你瘦削的双肩是为鞭子抽红

你瘦削的双肩是为鞭子抽红，
为鞭子抽红，在严寒里燃烧。

你孩童般的十指是为举起烙铁，
为举起烙铁，为编结绳索。

你柔软的脚底是为在碎玻璃上行走，
在碎玻璃上行走，走过沁血的沙。

而我是为燃烧，像一根为你点亮的黑色蜡烛，
像黑色蜡烛一样燃烧，害怕祈祷。

这是我最想要的

这是我最想要的
无人纠缠，孑然一身
向着那遥不可及的光
伸出双臂。

你就闪烁在那里——
再无其他幸福——
去了解星光，
看它的火焰暗示着什么。

星像星一样燃烧，
光成为光，
因为我们的低语
使我们坚强，让夜温热。

我想告诉你
我的宝贝，对你轻诉，
我唯有向着光将你托起
以我无尽的言语。

塞萨尔·巴列霍

1892—1938

西班牙语诗坛最伟大、最复杂的诗人之一，他的诗歌创作是整个西语先锋派诗歌的里程碑，代表作有《黑色的使者》《特里尔赛》。巴列霍的诗作既狂野原始，又温柔美丽；既真挚可触，又有浓烈的超现实主义色彩，充满个性和激情。1922 年以后，巴列霍割断了与家庭和祖国的联系，随着时间的推移，经济拮据、疾病折磨、世道不公，使他的苦闷与日俱增，后期的他已不是狂热追求诗歌“绝对自由”的青年，而是亲历了人类重重苦难，似已成为人类的代言人，并且始终不曾绝望，号召人民与非正义的社会进行不屈的斗争。

沉渣

这个下午在下雨，从未有过；而我
懒得活了，我的心。

这个下午很甜。怎么就不能甜呢？
穿起优雅和痛苦；穿得像个女人。

这个下午的利马在下雨。我想起
自己的忘恩负义是个残酷的黑洞；
我的冰块在她的罂粟上，
比她的“别这样”更带劲。

我狂暴的黑色花朵；野蛮
残暴的石刑；冷漠的距离。
在燃烧的圣油中
她沉默的尊严将终结一切。

所以这个下午，从未有过，我
跟随这只猫头鹰，跟随这颗心。

别的女人打这儿路过；见我如此伤心，
她们从我哀伤的深纹中
带走点滴的你。

这个下午在下雨，倾盆大雨。而我
懒得活了，我的心！

玛琳娜·茨维塔耶娃

1892—1941

俄罗斯著名女诗人、散文家和剧作家，被认为是20世纪俄罗斯最伟大的诗人，在20世纪世界文学史上占有重要地位。茨维塔耶娃有丰富的灵感和想象力，对手艺的重视使她的诗歌具有十分鲜明的个性特征：她的作品节奏铿锵，意象奇诡，充满大量的破折号、问号、惊叹号和省略号，词句之间带有跳跃性。茨维塔耶娃的诗歌以生命和死亡、爱情和艺术、时代和祖国等大事为主题，被誉为不朽的、纪念碑式的诗篇。

亲吻额头

亲吻额头——抹去苦难。
我吻你额头。

亲吻眼睛——治愈失眠。
我吻你双眼。

亲吻嘴唇——消解渴意。
我吻你嘴唇。

亲吻额头——抹去记忆。
我吻你额头。

这种温柔来自何处

这种温柔来自何处?
它们并非第一缕
我抚过的头发，我吻过
比你更黑暗的唇。

天上的星辰亮了又灭
（这种温柔来自何处？）
那些眼睛亮了又灭
在我眼前。

我从未听过这样的赞美诗
在漆黑的夜晚，
如此温柔！——我头枕——
你纵情歌唱的胸膛。

告诉我，你这狡黠的少年，流浪的歌者
你的长睫毛举世无双——
这种温柔来自何处，
我又该如何自处?

约翰·爱伦·韦思

1894—1981

一战时期的美国诗人、士兵。他的生平几乎不为人知，但其写作在出版后的80年里仍然充满生机、令人折服。韦思的作品都被收录在1928年出版的诗集《这个男人的军队：五十余首十四行诗里的战争》中，该书中的系列十四行诗新意十足，糅合了传统与现代写作技巧，用既生动又忠于史实的语言展现了一个美国士兵在一战中的经历。

爱人的脸庞

我的王国是爱人的脸庞，
我沿着边界行走：
向北抵达她美丽的额角；
红褐色的秀发在此丛生；
红润的脸蛋由东向西；
樱桃小口
是晴朗的南方。
我最热爱的南方。

她的双眸是两片清澈的湖，
漾着波光，
一半来自太阳，
一半来自星辉。
她双颊下的
一对梨涡
是爱布设的罗网，
我已深陷其中！

费德里科·加西亚·洛尔迦

1898—1936

20 世纪最伟大的西班牙诗人、剧作家。洛尔迦的诗同西班牙民间歌谣结合起来，创造出了一种全新的诗体：节奏优美哀婉，形式多样，词句形象，想象丰富，民间色彩浓郁，易于吟唱，同时又显示出超凡的诗艺。他的作品生动呈现了安达卢西亚的城市和人民生活的风貌，诗歌主题广泛，包括爱情、欲望、死亡、母性和对下层人物的友爱，特别是残酷、暴力以及习俗导致的悲剧等。近 70 年来，洛尔迦的诗歌对世界诗坛产生了巨大影响，美国著名诗人罗伯特·勃莱谈到他的作品时说："洛尔迦的诗歌佳作是人类智力的楷模。"

加扎勒：不可预见的爱

无人明白这芬香
是你子宫的黑色木兰。
无人知晓你在唇齿间
怎样折磨一只爱的蜂鸟。

一千匹波斯小马在广场上入眠
伴着你额头的明月，
整整四夜，我环抱
你的腰肢，雪的敌人。

石膏与茉莉间，你的一瞥
是种子苍白的枝干。
我在内心里寻找，想要给你
象牙色的信笺，述说“永远”，

“永远”，“永远”：我痛苦的花园，
你的身体总是稍纵即逝，
我品尝你脉络中的血液，
你口中的光芒熄灭，当我死去。

注：“加扎勒”原文为“gacela”，源自阿拉伯语“ghazal”，抒情诗的一种，形式为对句，这种诗由只有一个韵文与副歌的抒情诗句组成，中心主题是爱。

黎明之前

就像爱
弓箭手
失明了

绿色的夜空，
飞过锋利的箭
留下温暖百合
的痕迹。

月亮的龙骨
穿过紫色云层
它们的颤抖
盛满露珠。

唉，就像爱
弓箭手
失明了！

豪尔赫·路易斯·博尔赫斯
1899—1986

阿根廷诗人、小说家、散文家和翻译家，被誉为“作家中的作家”。博尔赫斯精通英、法、德等多国文字，作品涵盖多个文学范畴，其中诗歌、散文和短篇小说是他的三大创作成果，各有千秋，相互辉映。博尔赫斯的诗歌语言质朴，风格纯净，意境悠远；散文大多非常短小，但构思新颖，结构巧妙；小说则汇集了很多共同的主题：梦、迷宫、图书馆、虚构的作家和作品、宗教、神祇。博尔赫斯的作品对幻想文学贡献巨大。有一种很生动的说法：“他的散文读起来像小说，他的小说是诗，他的诗歌又往往使人觉得像散文。沟通三者的桥梁是他的思想。”

我拿什么把你挽留

我给你清冷的长街，绝望的落日，
荒凉郊野的月亮。
我给你一个男人的苦涩，他长久地凝望
一轮孤月。
我给你我的祖先，死去的亲人，他们的魂灵
刻入铜碑，为后人祭奠：
我的祖父战死在布宜诺斯艾利斯
边疆，两颗子弹击穿他的胸膛，
他死时蓄着胡子，战友们以牛革
裹其尸体；我的曾祖父
——年方二十四——领兵三百
征战秘鲁，如今已是
马鞍上的亡魂，烟消云散。
我给你我书中的所有洞见，
我生命里的豪迈与幽默。
我给你无限忠诚
来自一个玩世不恭的男人。
我给你我收存的真心，
无论怎样——不需言语

不以梦交易，不被时光、欢乐或逆境
所玷污的真心。
我给你日出前邂逅一朵黄玫瑰的记忆
那时你尚未出生。
我给你一切关于你的诠释，
你的命题，你真实而惊人的
消息。
我能给你我的孤独与黑暗，
我饥渴的心；我以犹豫，危险和失败
贿赂你。

雅克·普莱维尔

1900—1977

20世纪法国著名诗人、电影编剧，代表作有《公园里》。他的诗歌用语简单，韵律像歌一样流畅，貌似简朴的诗作充满奇妙的电影效果和丰富的音乐感。他的第一部诗集《话语》，自诞生之日起直到现在仍是年轻人最喜爱的读物之一。正如诗集的名字，所有诗歌没有晦涩的词汇和深奥的句法，诗人用最平实的“话语”营造出不寻常的神奇世界，深深打动读者的心。他最著名的电影作品是《天上人间》（1946年）和《巴黎圣母院》（1956年）。

早餐

他把咖啡
倒进杯子
把牛奶
掺入咖啡
用勺子
搅匀
喝掉
再把杯子
放回去
没说一个字
没看我一眼
他点上一支烟
吐出几个圈
烟雾缭绕中
他把烟灰
掸进
烟灰缸
没说一个字
没看我一眼

他起身
戴上
帽子
穿上
雨衣
外面在下雨
他走进
雨中
没说一个字
没看我一眼
我
低下头
掩面
而泣

夜的巴黎

在夜里擦燃三根火柴
第一根让我看见你的脸庞
第二根让我看见你的眼睛
第三根让我看见你的嘴唇
这周身的漆黑让我记起一切
当我拥你入怀。

兰斯顿·休斯
1902—1967

美国诗人，在美国黑人文学方面，他是一个举足轻重的人物，被誉为“黑人民族的桂冠诗人”，代表作有《黑人谈河》。休斯成名后没有离开哈莱姆黑人聚居区，他的创作始终以黑人，尤其是下层劳动人民的生活为题材。他热爱自己的民族，用文字真实而深刻地反映了美国黑人的社会生活，倾诉了他们的苦难与辛酸、欢乐与希望，以及对自由、民主的追求与渴望。他的诗歌深受惠特曼的影响，同时从黑人民间音乐和民歌中得到启迪，有爵士乐的韵律和节奏，格调清新，热情奔放，表达对种族歧视的抗议，歌颂黑人民族的进步，对美国与非洲黑人诗歌的发展都产生了积极而深远的影响。

献给一个黑女孩的歌

在南方的迪克西
(真让我心碎)
他们绞死了我年轻的黑情人
在十字路口的一棵树上。

在南方的迪克西
(伤痕累累的尸体飘在空中)
我问我的白人主耶稣
祷告有什么用。

在南方的迪克西
(真让我心碎)
爱情是赤裸裸的影子
在一棵长满木瘤的秃树上。

注：原诗中的Dixie，此处直译为“迪克西”，是内战时期美国东南部各州的非正式统称。

静默

我已捕捉到
你静默的方式
在你开口前

我一个字
也不需要听见。

我于你的静默中
听见每一个
我在寻找的音调。

巴勃罗·聂鲁达

1904—1973

智利当代著名诗人，是拉美文学史上继现代主义之后崛起的伟大诗人，20 岁时发表成名作《二十首情诗和一支绝望的歌》，自此登上智利诗坛。他的诗歌继承了西班牙民族诗歌的传统，也接受了波德莱尔等法国现代派诗歌的影响；既吸收了智利民族诗歌的特点，又从惠特曼的创作中找到了自己最倾心的形式。聂鲁达对中国及其文化很有兴趣，访问中国时他得知，自己的中文译名中的“聂”字由三只耳朵组成，于是说：“我有三只耳朵，第三只耳朵专门用来倾听大海的声音。”聂鲁达的诗歌有两大主题：爱情和革命。

你身上的地球

小
玫瑰，
小小的玫瑰，
有时，
小巧而光洁，
仿佛
恰能容于
我的掌心，
仿佛我能将你这样紧握
送到嘴边，
可
突然间
我的脚碰了碰你的脚，我的唇碰了碰你的唇：
你在生长，
双肩如山高耸，
乳房在我胸膛流连，
我的手臂几乎无法环抱你
新月般的素腰：
身在爱中，你如海水般自由：
我无法丈量天空最广阔的眼眸
唯有俯身寻找你的嘴唇，亲吻地球。

完美的女人，肉做的苹果，燃烧的月亮

完美的女人，肉做的苹果，燃烧的月亮，
海草的浓烈气息，碾碎的泥与光，
何等玄秘之事紧锁在你双腿之间？
何种原始之夜让男人以其感觉获得？

哦，爱是穿越江海与星辰的旅途，
穿越令人窒息的空气，狂风骤雨：
爱是闪电之战
两具躯体在甜蜜中毁灭。

我以星点之吻，覆盖你微小的无垠，
你的疆域，你的河流，你精致的村落，
肉欲之火化为快乐

流入鲜血涌动的小径
催开夜的康乃馨，
一切唯有黑暗中的一道光。

威斯坦·休·奥登
1907—1973

英裔美国诗人、文学评论家，是继艾略特之后最重要的英语诗人，以能用从古到今各种诗体写作著称，他的诗集《死亡之舞》和《双重人》，奠定了他在 20 世纪文坛的重要地位，诗作《焦虑的时代》使他赢得 1948 年的普利策奖。奥登前期的创作多涉及社会和政治题材，后期转向宗教。作为诗人，奥登与艾略特有相似的地方，但是他的作品更具有宗教特色，也更关注社会问题。奥登对新一代的诗人影响巨大，他的学识、社会责任感，以及诗歌创作特色和水平等都堪称典范。

是你吗？

每个恋人都有自己的理解
关于和爱人相处之痛
与独处之痛的差别：

唉，怎样亲切的骨肉之躯
方能在梦中唤起一切知觉，
梦醒后化为自己的影子。

那喀索斯不肯相信未知；
无法与湖中倒影交融
只要他认定自己孤独。

然而孩子，瀑布，火焰，顽石，
总在胡闹，自然而然
将整个宇宙据为己有。

长者们，就像普鲁斯特，总认为
爱是主观的欺骗；
爱到深处人孤独。

无论怎样看待，都须明白
为何每个恋人都渴望
接纳一种差异：
或许，我们真的并不孤独。

切斯瓦夫·米沃什

1911—2004

波兰著名诗人，1980年获得诺贝尔文学奖。米沃什的诗歌注重内容和感受，广阔、深邃地折射了20世纪东欧、西欧及美国的动荡历史和命运，因此他被视为20世纪东欧最重要的思想家之一。对东欧的批判导致米沃什被冠以政治诗人的名号，他的诗歌主题也因过于庞大和含混而难以确认，他书写时光、青春和故乡童年，挖掘生活的美好，刻画文明差异，也探索死亡、战争、爱和信念。米沃什的诗风朴素、流畅而直率，不过分追求形式和外在的诗意，但语言具有很强的感染力，表达或明晰、或沉郁、或忧伤的思想。

邂逅

黎明时分，我们乘坐马车经过冰冻的田野。
黑暗中升起红色翅膀。

一只野兔忽然穿过马路。
你或者我用手指着它。

那是很久以前的事了。如今都已死去，
兔子不在了，当初指着它的人也不在了。

哦，我的爱，他们在哪里，要去何处
一只闪过的手，一丝晃动，卵石沙沙作响。
我的发问并不悲伤，只是好奇。

伊丽莎白·毕肖普
1911—1979

20 世纪美国最重要、最有影响力的女诗人之一。她是美国 1949—1950 年度的桂冠诗人，1956 年获得普利策奖。代表作有《北方·南方》《一个寒冷的春天》。毕肖普坚持不满意绝不发表的原则，所以生前发表的诗加起来只有七八十首。她关注人性、生活和自然，描写想象、回忆、梦和现实，其诗作以象征类型的诗歌居多，寓意丰富，细节扎实，借助语言的精确表达和形式的完美，把道德隐喻和新思想结合起来，表达了坚持正义的信心和诗人的责任感。

失眠

梳妆台镜中的月亮
向远方眺望
(或许带着骄傲，眺望自己，
可她从不，从不微笑)
她毫无睡意，或是
只在白天睡去。

在被遗弃的宇宙边缘，
她对它说，下地狱吧，
她会找到一片水域，
或一面镜子，在那里栖息。
所以，把关怀用蛛网缠起
扔入井中

坠落在一个颠倒的世界
左边是右边，
阴影是身体，
我们彻夜不眠，
天空很浅，大海
变得深邃，而你爱我。

奥克塔维奥·帕斯
1914—1998

墨西哥著名诗人、散文家，天赋超群，才华横溢，在当代拉美和世界文坛享有盛誉，他以杰出的文学成就获得诺贝尔文学奖、塞万提斯文学奖、国家文学奖等国内外20多个重要奖项。帕斯的创作融合了拉美本土文化及西班牙语系的文学传统，继承欧洲现代主义对形而上的追求和用语言创造自由境界的信念。帕斯的创作探索人的处境和精神交流，也注意吸收本国古代文化、欧洲古典文化和东方传统文化，同时保留自己的民族身份、特征和认同。帕斯对东方深感兴趣，他从佛教中领会吸收了“彼岸”的观念，发现诗歌是接近“彼岸”、战胜孤独、冲破贫乏的一种方式，东方文化让他的诗歌和心灵更宽阔、丰富。

轴

通过血的导管
我的身体进入你的身体
夜的泉
我太阳的舌头进入你的森林
你的身体是一个揉面的碗
我，红色麦子

通过骨头的导管
我夜晚我水
我蔓延的森林
我舌头
我身体
我太阳的骨头

通过夜的导管
身体的泉
你麦子的夜
你阳光下的森林
你等待的水

你骨头的池

通过太阳的导管
我的夜进入你的夜
我的太阳进入你的太阳
我的麦子在你碗中
你的森林在我舌尖

通过身体的导管
夜的水
你的身体进入我的身体

骨头的泉

太阳的泉

尼卡诺尔·帕拉

1914—2018

智利著名诗人，“反诗歌”诗人的领军人物，当代拉美乃至整个西班牙语世界最具影响力的诗人之一，代表作有《宣言》。他的诗歌创作具有求实态度，主张内容反映政治、文化和宗教现实，创作手法力求简洁，反对隐喻象征，语言上更趋口语化、散文化。帕拉在1954年发表的诗集《诗歌与反诗歌》，确立了被他称之为“反诗歌”的理念和风格：它是怀疑的诗歌，义无反顾地怀疑一切宗教与政治；它是大众的诗歌，题材具有明显的当代性，关注群体利益；它也是通俗的诗歌，用俗话俚语表现各种戏谑、幽默和讽刺。2011年，帕拉荣获西班牙塞万提斯文学奖，并数次获诺贝尔文学奖提名。美国批评家哈罗德·布鲁姆认为，帕拉可以同惠特曼比肩，堪称“西方最优秀的作家之一”。

金合欢

多年前在街上散步
街边栽满盛开的金合欢树
我从一个消息灵通的朋友那里得知
你刚刚嫁人。
我告诉他这真的
与我无关。
我从未爱过你
——你比我更清楚这一点——
可每次合欢开花
——你相信吗——
我都有着那天同样的感觉
当它们向我迎面袭来
带着心碎的消息
你嫁给了别人。

查尔斯·布考斯基

1920—1994

德裔美国诗人，20世纪美国最有影响力的后现代诗人、小说家之一，人称“酒鬼诗人”。布考斯基热爱写作，热爱酒、性和赌马，干过不少苦差，喜欢描写处于美国社会边缘的穷苦白人的生活，美国《时代周刊》将他誉为“贫民窟的桂冠诗人”。布考斯基的作品反映美国底层人民生活的黑暗，带有粗糙、肮脏和冒犯的质感，也正是这种对底层不加修饰的真实描写，反而带有致命的诱惑力和原发的生命力，体现出后现代艺术叛逆性的审美。

原始的爱

小小的黑女孩
温柔的眼
当你该对我
用刀时
我绝不退缩
也不
怪你，
我独自驱车驶过海岸
棕榈树在摇摆
这些丑陋笨重的棕榈，
生者还未到来
死者还未离开，
我绝不怪你，
反倒是
记起那些吻
我们的嘴唇满是原始的爱
记起你对我
献出所有
而我给你

我余下的
一切，
我记起你的小房间
你在的感觉
窗里透出的光
你的唱片
你的书
我们的晨间咖啡
正午与夜晚
我们的身体相互交融
在入睡后
微小的电流
生于一瞬，长于一生
你的腿我的腿
你的手臂我的手臂
你的微笑
与温暖
那再度让我
开怀的你。
小小的黑女孩，温柔的眼
你没有
刀。这把刀
属于我，而我不会
用它。

忏悔

等死
像一只猫
跳上
床

我很为老婆
感到难过

她会看见这副
僵硬
苍白的
躯体
再摇摇它，接着
或许
再喊一声

“汉克！”

汉克没有
回答。

不是我的死
让我担忧，是我老婆
被丢给这
一堆
废物。

我想
让她知道
尽管
那些夜晚
睡在
她身边

哪怕无用的
争吵
都极为
美好

还有为难
的话
我曾害怕
说出
现在能
说了：

我爱
你。

菲利普·拉金
1922—1985

“英国运动派”诗歌的代表人物，著有诗集《北方船》《少受欺骗者》《降灵节婚礼》和《高窗》，被公认为继艾略特之后20世纪最有影响力的英国诗人、20世纪下半叶战后诗坛的主宰。拉金反现代主义，高度强调个人性，冷眼看世界。他的诗歌大多采用传统的英诗格律，运用自如；他还将粗鄙的俚语和口语引入考究的诗歌结构与韵法之中，让诗歌充满想象力。他深受哈代的影响，冷静、忧郁和自嘲，精心绘制出一代英国人的精神地图。拉金最常涉及的主题是城市居民的生存与精神困境，他反对庞德和艾略特以来晦涩的现代主义路径，用语质朴新颖，着力于描绘现代人生活与精神的细部，开创一代诗风。

我的爱，我们现在必须道别

我的爱，我们现在必须道别：不要让它
显得凄惨而苦涩。昔日
月光太多，自怜太甚：
让我们丢弃它吧：至少此刻
太阳从未如此大胆在空中踱步，
心灵从未如此渴望自由，
去踢翻世界，鞭打森林；你我
已无法将其守护；我们是谷壳，眼睁睁
看着谷粒另做他用。

遗憾。总有遗憾。
但我们的生活最好松绑，
如两艘高桅帆船，顺风而行，泛着湿润的光，
就在河口偏离了航道，
挥手告别，渐渐消失在彼此的视野。

耶胡达·阿米亥
1924—2000

以色列当代最杰出、20世纪最重要的国际诗人之一，代表作有《现在及他日》《开·闭·开》。阿米亥的诗歌拥有恒久的主题：爱情、舐犊之爱、战争、上帝、流亡、童年、时间和土地，他认为个人幸福是一切事务的准绳，亲情高过国家的、社会的和宗教的律令。他的写作具有强烈的反战倾向，表达出爱，而非上帝，才是唯一的庇护所，尽管它十分脆弱。阿米亥的诗歌凸显了传统希伯来诗歌中难得一见的世界视角，富于叙事色彩和真情实感，兼具优美的抒情，口语化的语言简洁又充满技巧，情感复杂而深奥，既承载传统，又充满现代性。

曾经一份伟大的爱

曾经一份伟大的爱把我的生命切成两段。
一段在某个地方
扭动不止，像一条被切断的蛇。

逝去的岁月令我沉静
疗愈我的心，舒缓我的
双眼。

我像一个人，站在犹太
沙漠里，望着路标：
“海平面”
他看不见大海，却了然于心。

所以无论身在何处，我都记得你的脸
你的“脸平面”。

数学书里的问题

我记得数学书里有一道题
一列火车从 A 处出发，另一列
从 B 处出发。它们何时相遇？
从没有人问过它们相遇时会发生什么：
它们会停下来，还是擦身而过，或者相撞？
也没有一个问题关于一个从 A 处出发的男人
与一个从 B 处出发的女人。
他们何时相遇？
他们会相遇吗，会有多久？
至于那本数学书：我已经翻到
最后几页答案。
过去不准看答案。
现在可以。我在检查
我哪里对，哪里错，
从而明白我哪里做得好，哪里没有。阿门。

罗伯特·勃莱
1926—

20世纪六七十年代美国“深度意象诗派”的主要推动者和代表性诗人。勃莱力图摆脱理性和学院派传统的钳制，通过引进中国古典诗、拉美诗歌和欧洲超现实主义诗歌而给美国诗坛带来新的活力。他执意地“寻找美国的诗神”，其诗在对自然和内心世界的深入中别开生面、富有灵性。评论家称勃莱的诗为“奔流在中西部大平原地下的突然长出来的树干和鲜花”。

当你我相爱，我们也爱草地，
谷仓，路灯，
和那一条条整夜无人涉足的小街。

牵手

牵起爱人的手，
你看它多像精美的鸟笼
小鸟在歌唱
在幽静的草原
在掌心的深谷。

理查德·墨菲
1927—2018

爱尔兰诗人，代表作有《奥赫里姆战争》。作为一个抒情诗人，墨菲的诗歌安静、精确，带有音乐性，用客观的视角呈现和恢复爱尔兰过去的风貌。他的世界视角和爱尔兰裔的出身背景让他在一种兼具亲密和冷漠的心境下探索对爱尔兰传统的承袭，这一鲜明立场在他的态度和主题上都有明显的体现。

空谈

要想念
我必须一个人；
要爱
我必须和你在一起。

我想我独自一人
爱你
更甚于和你一起
想你。

没有爱
我无法想念
没有想念
亦无法爱。

一个人时
我想着我们在一起：
在一起时我想
我更愿一个人。

威廉·斯坦利·默温

1927—2019

20世纪美国著名诗人，“深度意象诗歌”流派的代表人物之一，两度获得普利策诗作奖，于2010年被任命为桂冠诗人，代表作有《移动的靶子》《扛梯子的人》。默温的诗歌表面松散，采用开放形式，也带有某种自白的成分，但却内含神秘，甚至近乎于预言。他善于在诗里将自然和日常经验上升到一个更高的、扑朔迷离的境界，以忽闪的、蜻蜓点水似的语言写成，具有深邃而广远的想象力。他的诗作并非一读就懂，读者往往需要多次阅读才能进入他所创造的那个有轻度神秘倾向的世界。

分离

你的缺席穿过我
像线穿过针眼。
它的颜色缝起我所做的一切。

德里克·沃尔科特
1930—2017

圣卢西亚诗人、剧作家及画家，曾获得1992年诺贝尔文学奖和2011年艾略特奖，代表作有《在绿夜里》《西印度群岛》《白鹭》。长期处于统治地位的殖民文化是困扰沃尔科特的身份问题，加勒比本土文明与西方文明的对立在沃尔科特的创作主题中占有重要地位，三国混血血统也让他的作品更具多元性，内涵丰富。沃尔科特的诗歌题材丰富多彩，风格新颖多变，形式厚重，韵律和谐。画家敏锐的洞察力使他得以真实地描绘自然景物，细致地观察社会生活，迅捷地捕捉细微感情。

拳头

紧握我心脏的拳头
松了一下，
我吸入
光明；它却再次
收紧。我何时不爱
这爱的苦痛？可它

令昔日的爱成为狂热。它抓牢
一个疯子，抓牢
荒谬的礁石，就快在哀嚎中
坠入深渊。

那就把心紧握。至少活着的时候你得如此。

托马斯·特朗斯特罗姆
1931—2015

瑞典著名诗人，诺贝尔文学奖获得者，代表作有《17首诗》。特朗斯特罗姆的诗非常紧密，他使用很少的字来表达非常强烈的感情，语言比较温和。他的作品风格简单，但节奏性非常强，通过令人意外的诗句和联想来吸引人。在内容上，他很少描写自然景象或抽象的哲学思考，多写对日常生活的反思，诗意集中在人与人之间交往的瞬间。特朗斯特罗姆内心宁静，但也敏锐如鹰隼，准确挖掘出人生宇宙间的宁静与骚动，举重若轻，简洁明朗，被誉为当代欧洲诗坛最杰出的象征主义和超现实主义大师。

火的涂写

那些凄凉的岁月，唯有和你做爱
我的生命才有点点火光。
像萤火虫亮了又灭，亮了又灭，你能在
　黑暗中
跟随橄榄林间一道闪光的轨迹。

那些凄凉的岁月，我枯萎的灵魂，了无生机
但身体却奔向你。
夜空低声哞叫。
我们偷挤宇宙的奶喝下，幸免于难。

谷川俊太郎
1931—

日本当代著名诗人、翻译家和剧作家，在国际文坛上被公认为最生动和最具有代表性的诗人之一。他 17 岁出版了处女诗集《三十亿光年的孤独》，之后相继出版了《62 首十四行诗》等 70 余部诗集。谷川俊太郎的诗歌以生命、生活和人性为主题，其诗作语言简练、干净而纯粹，尤其是近年的禅意与空灵，透出一种感性的东方智慧。谷川俊太郎在战后崛起的日本当代诗人中独树一帜，被誉为日本现代诗歌旗手。

相爱

相爱——是什么感觉?
就像两个人同坐，着迷地凝视对方，
连呵欠和喷嚏都极为可爱，
你甚至想伸出舌头舔舔你的爱。

相爱——是什么感觉?
就像你总想炫耀
却不愿任何人触碰它，
因此你随时会把它收起。

相爱——是什么感觉?
就像你愿意献出自己最爱的塑料娃娃，
和最珍视的邮票，
除此之外，再加一本漫画书。

那个人

我会把我的全部生命
仅仅用于爱她。
等我不在人世
我仍将活在她记忆中。

她头顶的蓝天
只属于我。
那照亮她脸颊的太阳
我不会交付给任何人。

在雪山那边
她居住的村庄
她会生儿育女
子孙满堂。

幸福如梦幻，转瞬即逝
也像化石，长埋地下。
我已看见
她安宁的瞳孔。

西尔维娅 · 普拉斯
1932—1963

美国自白派女诗人，是继艾米莉·狄金森和伊丽莎白·毕肖普之后最重要的美国女诗人。1963 年她最后一次自杀成功时，年仅 31 岁。她因其富于激情和创造力的重要诗篇闻名于世，也因和丈夫泰德·休斯的失败婚姻和情感纠葛饱受争议。普拉斯的杰出在于她用精神直觉来创作，善于挖掘丰富的自我情感，用全部的生命力去写，直至疯狂。普拉斯的诗歌在形式上继承了惠特曼的传统：简洁、大方、自由，不事雕琢；诗的内容别开生面，视角独特，带有疯癫的气质，充满奇崛突兀的意象和朦胧隐晦的象征，耐人寻味。

致被抛弃的爱人

我躺在狭小的床上，浑身冰冷
透过漆黑的窗
悲伤地向外望：

群星高悬，
在午夜的天空
刻画凋零的岁月，

那来自明月，爱人的眼睛
让我在寒冷中死去
以他冰冻的信念之光。

我曾用一根微小的刺
给他创伤
从未想过他的血肉会点燃

抑或是内心的热在生长
直至他出现
如光辉的神灵；

我已无处可去
试图躲开：
日月却将他的火焰反照。

清晨时分
一切如旧：
愤怒的黎明，让星光黯淡；

镀金的公鸡会为我转身
时间的酷刑
在正午降临

耀眼的光芒中，我的爱会看见
我仍在
金色地狱里燃烧。

尼基塔·斯特内斯库
1933—1983

罗马尼亚杰出诗人。他的诗多取材于对战争年代和少年时期生活的回忆，热情奔放，质朴动人，充满象征，表达对美好生活和真挚爱情的向往。20世纪50年代，罗马尼亚诗歌遭遇极左路线的冲击，斯特内斯库团结了一批有创新精神的年轻诗人，组成具有先锋派色彩的诗歌团体，要求继承二战期间罗马尼亚抒情诗的传统，主张让罗马尼亚诗歌与世界诗歌同步发展。在他们的努力下，罗马尼亚诗歌终于突破了教条主义的框架，进入被评论界称之为“抒情诗爆炸”的发展阶段。在他的笔下，科学概念、哲学思想，甚至连枯燥的数字都能插上有形的翅膀，他被公认为罗马尼亚当代现代派诗歌的代表诗人。

关于爱

她还是一副厌倦又美丽的模样
她的黑发很愤怒，
她明亮的手
已忘记我多年，——
已忘记自己多年，
就那样搭在椅背上。
我被灯光淹没，
岁月的追逐让我张开口。
我让她看见我的牙
可她知道我并不是在笑——
这甜蜜而光明的生命
她让我看见自己
可她还是一副厌倦又美丽的模样
我只为她而活
在这低劣的天堂下
可怕的人世上。

高银

1933—

原名高银泰，韩国诗人，代表作有《万人谱》。高银的诗歌充满东方式的意象，也有着大量的中国元素，他后期的创作越发隐微，简洁精练，语言中有禅意和静谧，但也不排斥澄澈对激情的包容。他从自然风物写到小人物，将自己放置到整个世界，带着韩语诗歌游走，生命的空间在他这里进一步打开。高银没有陷入政治的纠缠，也不沉溺于个人的絮语，他的情感和诗句是和自然、土地、生命融为一体的。

初恋

一轮圆月升上
首尔南部奉天洞半山腰的贫民窟。
一个年轻男子走上陡峭的山路
大约深夜 11 点 30 分
他刚刚加过班。
他叫尹尚坤，平安地长大，
尽管不知父母是谁。

险路的最高处
一道窄巷里，有人正在严寒中等他。
她叫金顺雅。

皓月当空。
月光的声音充满整个世界，
怎会处处是贫困?

二十岁的尚坤结实的手
握住十七岁的顺雅粗糙的手。
顺雅的脸上没有香粉味。

马克·斯特兰德
1934—2014

美国桂冠诗人、散文家、艺术评论家，代表作有诗集《一个人的暴风雪》。斯特兰德的诗歌冷静明朗，又不乏深度和穿透力，许多作品富有超现实特点，一方面致力于对梦境的仿造，另一方面又热衷于将日常的图景引入，如同置于虚实之间的多棱镜，透明而复杂。斯特兰德被称为“深沉的异化哀悼者”，他机敏、克制，以深刻的智慧讲述我们被遮蔽的生活故事：现代生活的孤独、异化、焦虑和面对广阔世界时的无力感。他的创作风格影响了一代美国诗人。

光的降临

尽管为时已晚，还是发生了：
爱的降临，光的降临。
你已苏醒，烛火亮起仿佛自己点燃，
星辰聚拢，梦侵进你的枕芯，
释放空气温暖的芳香。
尽管为时已晚，身体里的骨头在发光
明天尘土点燃，融入呼吸。

莱昂纳德·科恩

1934—2016

加拿大创作歌手、音乐人、诗人和小说家。他的作品充满对宗教、孤独、性和权利的探讨。美国诗人学会曾对他的诗歌、小说以及词曲作品做过评述："对于某些人来说，莱昂纳德在追求音乐创作时偏离了文学；但是对于喜爱科恩的人来说，他们更加乐于认为他作为一名通才跨越了多种艺术之间隐晦的界限。"在音乐上成名之后，他继续写诗，出过六本诗集和四本诗文合集。他后期的诗歌也因为修禅而带有佛学色彩。科恩的演唱方式类似吟诗，音乐节奏缓慢低沉，配乐简单朴实，被称为"科恩式单调"，他的歌词也充满诗性。

我手心下

我手心下
你小小的乳房
是坠落的麻雀向上翻起的肚皮
尚在呼吸。

无论你去何处
我都听见羽翼收起的声音
跌落的声音。

我说不出话
因为你就落在我身边
你的睫毛
是那些柔弱小动物的脊椎。

我多怕那一刻
当你开口
叫我猎人。

当你让我靠近

告诉我
你的身体并不美丽
我想召唤
石头，阳光与水的眼睛
和藏起的唇舌
让它们作证你是错的。

我要它们
臣服于你
在它们的木棺深处
你的脸庞颤抖地律动着。

当你让我靠近
告诉我
你的身体并不美丽
我要我的身体与双手
化为池水
映照你的笑脸。

理查德·布劳提根

1935—1984

美国后垮掉派诗人、小说家，代表作有诗集《避孕药和春山矿难》和小说《在美国钓鳟鱼》等。布劳提根的诗歌具有后现代特征，用口语化的语言表达真实生活的沉重和困境，充满智性。他的小说《在美国钓鳟鱼》，以当时美国社会盛行的钓鳟鱼活动和露营旅行为背景，曾经畅销逾200万册，在数十个国家被翻译成26种文字，而他几乎被遗忘，半个世纪后才被翻译成中文正式出版。1984年10月，布劳提根在加利福尼亚的家中开枪自杀身亡。

30 美分，中转两次，爱

想你想得厉害
我上了公交车
支付 30 美分车费
并告诉司机我要中转两次
才发现
自己
是一个人。

玛格丽特·阿特伍德
1939—

加拿大最著名的诗人和小说家，也是文学评论家、女权主义者和社会活动家。阿特伍德的文学底蕴深厚，对生活观察敏锐，具有调侃的智慧与反思的理性。她的诗歌具有感伤色彩，小说则展现了当代加拿大人的生活画卷，反映了工业文明给人带来的暴力、压抑、疑虑和恐惧。她的评论笔锋犀利，对文坛和社会存在的种种不良现象进行有力的批判。她曾四次被提名英国布克奖，2000 年终于以小说《盲刺客》摘得这一桂冠。近年来，阿特伍德一直是诺贝尔文学奖热门人选之一。

睡眠的变奏

我想看着你入睡，
这也许不会发生。
我想看着你，
入睡。我想和你
一起入睡，进入它
感受平缓黑暗的波浪
从我头顶滑过

想和你一起穿过光亮的树林
蓝绿色的树叶轻轻摇曳
稀薄的太阳和三个月亮
照着你必须深入的洞穴，
照着你最深的恐惧

我想给你银色
树枝，白色小花和一个
词，它给你保护
你无法觉察悲伤
来自梦境，来自

我一路跟随你
走上长长的阶梯，化作
一叶轻舟，小心翼翼
载着你，带着
捧于掌心的火焰
回到最初，你正躺在
我身边，你进入它
易如呼吸

我想成为空气
只在你身上
栖息片刻。我想不被觉察
也不可或缺。

约瑟夫·布罗茨基

1940—1996

俄裔美国诗人、散文家，诺贝尔文学奖获得者。布罗茨基偏爱诗歌中安静的声音，他从奥登那里获益匪浅，强调诗歌的非个性化，诗中很少出现“我”，是“超然与客观”的最佳范例。布罗茨基的语言平稳安静，语调倾向于冷淡，词语和意象陌生而坚固，因此阅读他的作品同样需要一种安静和微妙的阅读心理。布罗茨基在严谨的同时又有非常浓厚的实验倾向，他的诗歌之刀既坚韧又锋利，在传统的、现代的基础上掺入崭新的当代感性。

歌

我多想你在这里，亲爱的，
我多想你在这里。
我多想你坐在沙发上
我紧贴着你。
手帕也许属于你，
眼泪却属于我，打湿下巴。
当然，若一切反过来
也未尝不可。

我多想你在这里，亲爱的，
我多想你在这里。
我多想你坐在我的车里
替我换挡。
我们身在他乡，
一片不为人知的海岸。
或是回到昔日
一切完好如初。

我多想你在这里，亲爱的，

我多想你在这里。
我多想自己不知天文地理
当星辰升起，
月亮掠过海面
宁静的月下，潮水或叹息或涌流。
我多想只用一枚硬币
就能拨通你的号码。

我多想你在这里，亲爱的，
在地球这一端，
我正坐在廊上
呷着啤酒。
时已黄昏，夕阳西下；
耳边传来孩子的喧闹，海鸥的鸣叫。
遗忘有何意义
若死亡紧紧相随？

卡罗尔·安·达菲

1955—

苏格兰诗人，英国现任“桂冠诗人”，代表作有《卑鄙时刻》《女性福音书》等。达菲的诗刚柔并济，形式上不求标新立异，但观念上却绝不墨守陈规。她喜欢用生活化的语言书写爱，但她的诗歌中的爱不限于爱情和情欲，也包括为人女的爱和为人母的爱。达菲也喜欢在诗中运用神话和童话元素，但是都带有当下的声音和意义。

情人节礼物

不是红玫瑰或丝缎的心。

我送你一颗洋葱。
一个包在棕色纸张里的月亮。
它允诺光明
如同小心翼翼褪去爱的外衣。

此刻。
它让你不停流泪视线模糊
像一个情人。
它让你的倒影
成为一张瑟瑟发抖悲伤的照片。

我尽量真诚。

不是可爱的卡片或一个吻。

我送你一颗洋葱。
它炽烈的吻会留在你的唇上，

将你独享，又忠贞不二
就像我们
天长地久。

拿着。
它的铂金环圈会收缩成一枚婚戒，
只要你愿意。

它足以致命。
它的气味缠绕你的手指，
紧紧依附你的刀。